용마검전

FANTASY FRONTIER SPIRIT

김재한 판타지 장편 소설

용마검전 8

김재한 판타지 장편 소설

초판 1쇄 찍은 날 § 2015년 3월 4일
초판 1쇄 펴낸 날 § 2015년 3월 11일

지은이 § 김재한
펴낸이 § 서경석

편집부장 § 권태완
편집책임 § 박은정
디자인 § 신현아

펴낸곳 § 도서출판 청어람
등록번호 § 제387-1999-000006호
등록일자 § 1999. 5. 31
어람번호 § 제1-2068호

주소 § 경기도 부천시 원미구 부일로 483번길 40 서경B/D 3F (우) 420-822
전화 § 032-656-4452 팩스 § 032-656-4453
http://www.chungeoram.com
E-mail § chungeorambook@daum.net

ISBN 979-11-04-90142-3 04810
ISBN 979-11-316-9234-9 (세트)

용마검전
FANTASY FRONTIER SPIRIT
김재한 판타지 장편 소설
8
미몽(迷夢)
도서출판 청어람

CONTENTS

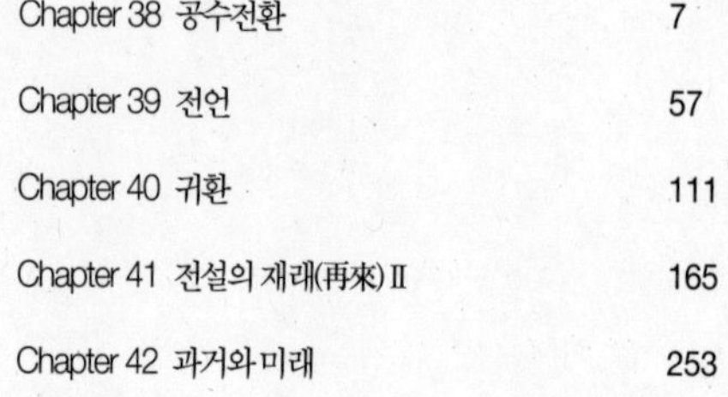

CHAPTER 38
공수전환

魔展
龍劍

1

빛이 하늘을 불태우고, 그리고 적막이 찾아들었다.

하늘의 싸움이 끝나고 나서 얼마 지나지 않아 지상의 싸움도 끝났다. 벨런의 권능으로 인해서 햇볕 아래서도 멀쩡했던 죽음의 군대가 비명을 지르며 불타올랐고 일행과 수호그림자들은 너무나도 쉽게 그들을 몰살시킬 수 있었다.

아젤은 지상의 싸움이 끝난 후로도 한참이 지난 후에야 하늘에서 내려왔다.

무슨 일이 있었냐고 물으려던 동료들은 아젤의 표정을 보고는 흠칫했다. 그의 표정이 너무나 참담했기 때문이었다.

먼저 입을 연 것은 아젤이었다.

"이거, 공작님이 쓰시죠."

아젤이 지팡이 하나를 내밀었다. 그것을 받아 든 카이렌이 어리둥절해하며 물었다.

"이건 뭔가?"

"칼로스의 유품입니다."

"…아무리 봐도 마법사가 써야 할 물건으로 보이는데?"

"공작님이 써야 합니다. 우리 중에서 지휘관으로서의 자질이 가장 뛰어난 분이니까."

"음?"

영문을 알 수 없는 설명에 카이렌이 의아해했다. 아젤은 피로한 기색으로 설명했다.

"그게 수호그림자를 지휘할 수 있는 마법기입니다."

칼로스에게 꽂혀 있던 지팡이는 벨런을 봉인해 두는 핵심이며 동시에 수호그림자를 통제할 수 있는 장치이기도 했다. 이것을 통해서 수호그림자들을 뜻대로 움직일 수 있는 것은 물론 그들이 보고 듣는 정보들을 접할 수도 있었다.

설명을 들은 라우라가 놀라서 중얼거렸다.

"마치 위대한 어둠 같아……."

"같은 게 아니라 맞아."

"응?"

"나중에 설명하지. 그것 말고도 설명해야 할 게 아주 많지만… 지금은 좀 쉬고 싶군. 그냥 아무것도 안 하고 좀 쉬고

싶어."

아젤은 그렇게 말하고는 털썩 주저앉았다.

이야기해야 할 것이 산더미 같다. 생각하고 결정해야 할 것도 얼마나 되는지 짐작이 안 갈 정도로 많다.

그렇지만 지금은 그저, 이 기분을 안고 쉬고 싶었다.

이곳이 어디든, 앞으로 무슨 일이 기다리고 있든 간에.

2

"무슨 일이 일어난 건지 모르겠군."

알마릭은 당혹스러워했다.

뭔가가 일어났다.

하지만 뭐가 일어난 것인지는 알 수 없었다.

〈뭐가 문제지?〉

레이거스가 물었다.

"안개가 걷혔다."

〈마법사로 전직하기로 마음먹었나?〉

"물론 아니다."

〈그럼?〉

"비탄의 잔이 문제다."

위대한 어둠의 관리 권한 일부를 지닌 알마릭은 용마장군들의 용마기를 탐지할 수 있다. 하지만 비탄의 잔은 한번 아

젤에게 넘어간 이후부터 이상할 정도로 탐지 정밀도가 떨어졌다.

얼마 전에는 한 번 반응이 소실되었다가 전혀 엉뚱한 곳에 나타나기까지 했다. 누군가 그의 탐지 능력을 속여 넘긴 것이다.

그런데 그 후부터 안개가 걷힌 듯 비탄의 잔의 위치가 또렷하게 탐지되기 시작했다.

〈흠. 한 번 엿 먹었으니 또 엿 먹지 말라는 법은 없지만…….〉

레이거스가 해골의 콧등을 툭툭 치며 말했다.

얼마 전 한 번 반응이 소실되었다가 나타났을 때, 알마릭과 레이거스가 정예를 이끌고 간 곳에는 수호그림자들만 잔뜩 기다리고 있었다. 알마릭은 거기에 라우라만 남아서 함정을 준비했을 가능성까지는 고려했지만 설마 자신의 탐지 능력 자체를 속여 넘겼을 거라고는 상상 못했다.

〈그래도 확인해 볼 필요는 있겠지?〉

"그래서 애들을 보내뒀다. 교전은 피하라는 지시를 내려두었지."

함정에 빠진 것을 안 알마릭과 레이거스는 최대한 빨리 어둠의 설원으로 돌아왔다. 아젤 일행이 자신들의 부재를 틈타서 어둠의 설원을 급습해 온다면, 버틸 수야 있겠지만 피해가 클 것이리라 예상했기 때문이다.

"알 수가 없군. 놈들이 뭘 꾸미고 있는 건지……."

알마릭이 눈살을 찌푸렸다. 레이거스가 말했다.

〈내가 너한테 한 가지, 아주 중요한 사실을 알려줄 수 있을 것 같은데?〉

"뭘 말인가?"

〈이제 내 목숨은 하나다.〉

"무슨 뜻이지?"

〈말 그대로다. 이 몸이 완전히 파괴당할 경우, 나는 시간이 지나도 부활하지 못할 거다.〉

"그렇게 단언하는 근거는?"

〈너는 불사체가 아니고, 나는 불사체라서 알 수 있는 것 같은데? 내가 더 이상 부활할 수 없을 거라는 확신이 들어.〉

"위대한 어둠에 이상이 발생하기라도 했단 말인가?"

알마릭이 당혹스러워했다. 레이거스의 태도에는 장난기가 없었다. 적어도 그는 자기가 그렇다고 믿고 있는 사실을 말해준 것이다.

〈이미 부활했어야 할 아운소르와 발타자크가 부활하지 못하고, 앞으로도 부활하지 못할 거라고 확신하지 않았나? 왕의 안배도 완전무결하지 않아.〉

"음……."

알마릭이 침음했다.

하지만 레이거스는 오히려 들뜬 기색이었다.

〈우리 마법사 친구들도 돌아오지 못하게 된 이상, 왕이 오기 전까지는 아무것도 알 수 없겠지. 하지만 마음에 드는 일이야.〉

"굉장히 정신 나간 소리를 하는군."

〈큭큭큭, 몇 번이고 되살아날 수 있으니 목숨을 아끼지 않아도 된다. 그런 비겁한 우위는 내 성미에 안 맞아. 그래야 하는 순간에는 기꺼이 하나뿐인 목숨을 건다. 그것이 사나이의 길이지.〉

"넌 이미 두 번째 목숨을 살고 있으면서 그런 말을 해봤자 뻔뻔할 뿐이다."

〈이미 저질러 버린 것을 어쩌겠나? 그건 그냥 계속 뻔뻔하게 밀고 나가겠다.〉

"하여튼……."

알마릭은 레이거스를 구박하는 자신이 웃고 있다는 사실을 깨달았다.

피가 끓는다.

지금은 많이 차분해지기는 했지만, 예전에는 그도 한 마리 야수 같은 전사였다. 변한 것은 부활한 후부터였다.

그저 나이를 먹어서? 아니다. 나이 먹어서 성격이 변할 거였으면 일찌감치 변했어야 했다. 그는 죽기 전에도 이미 걸어 다니는 역사서나 다름없는 장구한 세월을 살아온 존재였으니까.

아테인이 부여한 권능 때문이다.

생전에는 자신의 목숨이 불멸이라는 것을 믿기는 해도 실감하지는 못했다. 하지만 정말로 되살아나고 나니 세상만사에 예전처럼 열의를 갖고 대할 수가 없었다.

전사로서의 삶은 아무리 강해도 언젠가는 칼끝에 스러질 수 있음을 아는 것이다.

1세대 용마족은 탄생하는 그 순간부터 치열함을 강요받는다. 보살펴 줄 부모가 없는 몸이기에 자신을 둘러싼 모든 것과 싸우면서 삶을 지켜야 했다.

치열할 수 있는 것은 목숨이 하나뿐이기 때문이다. 죽으면 자신이 쌓아온 것, 누리던 것이 모두 끝장임을 알기에 언제나 치열하게 살아왔다.

알마릭의 표정을 본 레이거스가 킬킬거리며 물었다.

〈네놈도 맘에 드는 거지?〉

"별로 동감하기 싫지만……."

알마릭은 입꼬리가 비틀어 올라가는 것을 주체할 수 없었다.

"어쩔 수가 없군. 그렇다."

그의 가슴속에서 예전의 기분이 되살아나기 시작했다.

3

아젤 일행은 빠르게 아티산 산맥을 벗어났다. 더 이상 그곳에 있어야 할 필요가 없었기 때문이다.

그동안 카이렌은 수호그림자를 파악하고 장악하는 과정을 거쳤다.

"현재 활동 가능한 수호그림자의 개체수는 1만 2천 정도군."

이전까지 수호그림자는 사실상 불멸이었다. 아무리 소멸한다 해도 언젠가는 부활할 수 있었다.

하지만 이제는 아니다.

그들의 부활에는 벨런의 권능이 지대한 역할을 하고 있었다. 벨런이 죽은 이상, 그들은 한 번 소멸하고 나면 다시 부활할 수 없을 것이다.

"이 순간에도 일원이 보충되고 있기는 하지만… 그게 우리의 병력 소모보다 빠르지는 않겠지."

부활의 권능은 사라졌지만 수호그림자의 시스템 자체는 건재하다. 여전히 용마왕 숭배자를 제외한 전 대륙의 사람이 정보원이 되어주며, 용마왕 숭배자들에게 씻을 수 없는 원한을 품고 죽어간 자들은 수호그림자가 될 수 있었다.

아젤이 물었다.

"좋은 생각이 나셨습니까?"

"그럭저럭. 일단 각국의 우리 조직 친구들에게 상황을 전할 필요가 있겠어. 이 기회에 전원의 얼굴을 익혀놔야겠군.

이제 조직 운영 방식을 대폭 변경해야 하니."

칼로스가 수호그림자를 자신의 입으로 삼지 않았던 것은 비밀 유지를 위해서다. 만에 하나라도 자신의 존재가 발각된다면 모든 것이 끝장이었으니까.

그러나 아젤 일행은 그럴 필요가 없다.

칼로스는 아주 우수한 시스템을 구축해 두었다. 카이렌은 수호그림자를 사자로 보낸 다음 자신을 투영, 마치 통신 마법처럼 소식을 주고받을 수 있었다.

다만 정보를 다루는 데 있어서는 약점이 많았다.

칼로스는 아예 시스템의 일부가 되어서 수많은 이가 수집한 정보를 받아들이고 정리해 왔다. 하지만 일행은 그럴 수가 없었다. 수호그림자에게 특정한 지시를 내린 다음 보고를 받을 수는 있어도 그들이 보고 들은 것을 전부 알지는 못한다.

카이렌이 파악한 사실을 들은 아젤이 말했다.

"그럼 최소한 하나 이상의 수호그림자를 그들에게 붙여놔야겠군요."

"그래, 난 수호그림자의 절반 정도를 비전투원으로 쓸 생각이다."

카이렌은 자신의 전략 구상을 이야기했다.

지금 일행에게 가장 필요한 것은 무엇일까?

무력?

물론 필요하다. 일행 개개인이 강력하기는 하지만 적들의

수는 많고 활동 범위는 대륙 전역이었다. 한 손으로는 열 손을 당할 수 없다.

그래도 우선순위를 따져보면 무력이 첫 번째는 아니다.

"우리에게 가장 절실한 것은 정보다."

카이렌은 단언했다.

어둠의 설원이 분탕질을 칠 수 있었던 것은 그들이 압도적으로 강해서가 아니다.

분명 그들이 보유한 전투원들은 이 시대의 평균을 크게 상회하는 능력을 지녔다. 말단 전투원들조차도 어딜 가나 한 자리 얻을 수 있을 정도의 실력자니까.

하지만 그들의 수는 생각보다 많지 않다.

이것은 많고 적음을 판단하는 기준의 문제다.

그들은 물밑에서 움직이는 비밀조직으로서는 무서울 정도로 많지만 온 세상과 싸워야 하는 군대로서는 턱없이 적다.

"그래서 여기저기서 사고를 쳐서 혼란을 일으키고, 그 틈을 이용하고 있는 거지. 정면승부를 하지 않고 세상을 정복한다? 그 목표를 달성할 수 있는 방법은 굉장히 한정적이다."

어둠의 설원은 이미 그 방법을 한 번 실행에 옮겨서 거의 성공 직전까지 간 적이 있었다.

수호그림자만 아니었어도 그들은 사회를 움직이는 우두머리들을 자신들의 꼭두각시로 채워 넣고, 암중에서 세상을 지배하고 있었을 것이다. 하지만 수호그림자가 등장하면서 더

이상 그럴 수 없게 되었다.

"서로가 상식을 초월하는 정보력을 가졌기 때문에 가능한 일이지."

어둠의 설원은 위대한 어둠을 통해서 전 대륙을 아우르는 방대한 정보망을 구축하고 있다.

수호그림자는 온 세상 사람의 인식 능력을 정보망으로 이용한다.

어느 한쪽의 정보력이 떨어졌다면 균형은 일찌감치 깨졌을 것이다. 하지만 둘 다 서로를 압도하지 못했기 때문에 지루한 싸움이 계속되었다.

"이제부터는 우리가 앞서가야 한다. 조금씩 놈들의 조직력을 깎아내야 해."

어둠의 설원의 정보망이 건재한 데 비해 수호그림자의 정보망에는 결함이 발생했다.

칼로스가 사라졌다는 것이 문제가 아니다. 예언지킴이가 몰살당한 것이 더 크다.

예언지킴이는 수호그림자의 정보를 취합하고 전력을 효율적으로 움직이는 사령탑의 역할을 맡고 있었다. 그들이 사라진 시점에서 수호그림자는 손발은 건재하되 머리를 잃은 꼴이 되었다.

이제는 아젤 일행이 머리 역할을 해야 한다. 그러기 위해서 해야 할 일은 누구라도 이해할 수 있는 형태의 정보를 얻는

일이다. 제대로 된 의사소통이 어려운 수호그림자가 안 사실을 그저 전달받기만 해봤자 의미가 없다.

"한정된 전력을 최대한 효율적으로 활용해야 한다. 위대한 어둠을 완전히 파괴할 때까지."

이것은 깃발이 꽂힌 모래성을 깎아내는 놀이와도 같다.

위대한 어둠의 소멸은 곧 수호그림자의 파멸이기도 하다. 상대를 깎아내는 일이 곧 자신을 깎아내는 일이기도 한 것이다.

그러니 똑같은 손실이 일어나도 이쪽에게는 작은 상처가, 상대에게는 큰 상처가 일어나도록 만들어야 한다. 카이렌은 이미 이 싸움의 의미를 이해하고 있었다.

"위대한 어둠의 기둥들."

위대한 어둠을 무력화하기 위해 벨런처럼 그 기둥이 되는 봉인된 초월자들을 소멸시킨다.

"공허의 길 거점."

어둠의 설원이 전 대륙을 상대로 암약할 수 있는 핵심인 공허의 길을 파괴한다. 그것만으로도 그들의 전략적 생명선을 끊는다고 해도 과언이 아니다.

이것이 카이렌이 세운 전략 목표였다.

"수호그림자의 절반을 공허의 길 거점을 감시하는 데 투입할 것이다."

수호그림자는 복잡한 정보를 전달할 능력이 없다. 그렇지

만 이쪽에서 전달하는 복잡한 의사를 이해할 능력은 있다. 그러니 확실한 조건을 설정한다면 원하는 정보를 전달받는 것은 어려운 일이 아니다.

카이렌은 지도를 펼치고 라우라, 유렌, 레티시아와 이야기해서 공허의 길 거점들을 표시하고 번호를 매겼다. 그리고 그곳으로 감시자 역할을 할 수호그림자들을 파견했다.

"비탄의 잔 때문에 놈들은 우리들의 위치를 안다. 아젤 말대로라면 이제는 아주 정확하게 실시간으로 파악할 수 있겠지."

"…미안해."

카이렌의 지적에 라우라가 뾰로통한 기색으로 사과했다. 카이렌이 피식 웃었다.

"구박하려고 한 소리는 아니다. 비탄의 잔은 우리가 짊어질 수밖에 없는 리스크니까. 우리는 놈들에게 위치를 알려준다. 하지만 동시에 놈들의 움직임을 파악해서 놈들의 예측과 계획을 무너뜨린다."

공허의 길 거점으로 누가 이동하는지만 알아도 어둠의 설원의 병력 이동을 낱낱이 파악할 수 있다. 그렇기에 카이렌은 수호그림자 절반을 비전투원으로 투입하는 데 거침이 없었다.

"과연 무너진 모래 산에서 깃발을 손에 넣는 쪽이 어느 쪽일지 한번 해보도록 하지. 빌어먹을 아테인이 부활하기 전에,

놈들에게 다시 용마전쟁을 재현할 여력이 안 남도록 밑천을 탈탈 털어버리겠다."

카이렌은 활활 타오르는 눈으로 지도를 노려보며 선언했다.

4

영봉 라우스를 떠난 아젤 일행은 그로부터 열흘이 지난 시점부터 본격적으로 움직였다.

그렇게 되자 어둠의 설원의 수뇌부는 아주 난감해졌다.

그들의 위치를 파악하는 것은 어렵지 않다. 비탄의 잔의 위치만 파악하면 되니까.

이전처럼 속임수가 아닐까 걱정할 필요도 없다. 이미 세 차례에 걸친 실험으로 탐지 기능이 완벽하다는 확증을 얻었으니까.

하지만 따라잡을 수가 없다.

"정말이지 치가 떨리는군. 이런 식으로 움직일 줄은……."

용마장군 발타자크의 후예, 키르엔이 중얼거렸다.

아젤 일행은 목적지가 없는 사람처럼 움직였다.

가뜩이나 상식을 초월하는 이동속도를 가진 놈들이 이리 가는 것 같다가 저리 가고, 저리 가는 것 같더니 반대쪽으로 꺾어서 치고 달려 버리면 도저히 잡을 수가 없다.

공허의 길도 만능이 아니다. 거점은 한정되어 있고, 한번에 이동할 수 있는 인원도 제약적이다.

즉 아젤 일행의 이동 경로를 명확하게 예측하지 않으면 전력을 집중할 수 없다. 그런데…….

"고작 열흘 만에 여덟 곳이 파괴당하다니……."

그와 마주하고 있는 니베리스는 보고서를 보면서도 믿을 수가 없었다.

어째서인지 모르겠지만, 아니, 분명히 아젤 일행 때문이겠지만… 수호그림자의 싸움 방식이 바뀌었다.

지금까지 수호그림자는 철저하게 방어적이었다. 용마왕 숭배자들이 움직였을 때 위치를 포착하고 요격에 나서는 식으로 움직였다.

그런데 이제는 철저하게 공세를 취한다. 아젤 일행의 이동 경로를 예측하고 병력을 투입할라 치면 가까운 거점이 파괴당한다. 수호그림자의 일원들, 그리고 그들을 돕는 수백의 수호그림자에 의해서다.

루레인 왕국에서 카이렌과 버레인이 그랬듯이, 각국의 수호그림자 조직원은 용마왕 숭배자들도 신경 쓰지 않을 수 없는 실력자들이었다. 그런 이들이 백 단위의 수호그림자를 이끌고 공격해 오면 도저히 거점을 방어할 수가 없었다.

게다가…….

"놈들에게 잊힌 비술에 대한 정보가 흘러들어가고 있어.

분명해."

키르엔이 굳은 표정으로 말했다.

수호그림자와 맞부딪친 전력들이 전부 몰살당한 것은 아니다. 어떻게든 살아서 도망친 이들이 있었다.

생존자들의 보고를 취합해 본 결과, 그들이 갖고 있던 기술적 우위가 사라지고 있음을 알 수 있었다.

수호그림자라는 조직에 몸담은 각국의 강자들, 그들에게 잊힌 비술의 요체가 전달되었다. 아니, 정확히는 전달되고 있는 중이다.

"리로스 왕국의 백검백작 라카디. 확실히 뛰어난 실력자이기는 하지만 우리 상급 간부 둘을 단신으로 격파할 정도는 아니었어."

카이렌과 마찬가지로 용마족이면서 인간 왕국의 영주이기도 한 리로스 왕국의 라카디 백작.

백검백작이라고도 불리는 그는 빼어난 실력의 용령기 수련자였다. 부친을 잃은 원한으로 수호그림자의 일원이 된 라카디 일족은 모두가 탁월한 실력자였기 때문에 어둠의 설원에서도 요주의 대상으로 찍어두고 있었다.

그런 만큼 그들에 대한 정보도 많이 쌓여 있다. 하지만 최근의 공허의 길 거점 공격에서 보여준 라카디 일족의 무력은 어둠의 설원의 평가를 크게 상회하고 있었다.

이것은 그들이 잊힌 비술을 터득하고 구사한다는 의미는

아니다.

예전의 용검공작 카이렌 타란토스가 그랬듯이, 라카디 일족도 잊힌 비술을 뺀 나머지 부분들만으로 무서운 기량을 쌓아올린 자들이었다. 그들은 어둠의 설원의 정예들이 자신들이 모르는 어떤 기술을 구사하는지 아는 것만으로도 현격하게 대응이 강해진 것이다.

니베리스가 말했다.

"하지만 진짜 문제는 그들이 아니지."

"…그래."

키르엔이 보고서를 던져놓으며 한숨을 쉬었다.

"대죄인 아젤 카르자크."

지난 열흘간 여덟 곳의 공허의 길 거점이 파괴당했다.

그리고 그중 넷이 아젤의 손에 파괴되었다.

"하늘을 가르는 검과 폭풍용의 날개, 울부짖는 불새… 하나같이 말도 안 되는 용마기들이야."

분명 아젤 일행의 이동 능력은 말도 안 되는 수준이다. 그들 개개인이 빠른데다가 때때로 비탄의 잔을 이용해서 먼 거리를 도약하다시피 움직이기까지 하니까.

하지만 아젤의 이동 능력은 그들의 이동 거리를 상식적으로 보이게 할 정도로 비상식적이다.

폭풍용의 날개는 비룡만큼이나 빠른 속도로 자유자재로 비행이 가능한 용마기다. 심지어 국지적으로 대기의 운행을

제어해서 광풍을 일으킬 수도 있다.

울부짖는 불새는 단독으로 전투 수행이 가능한 용마기다. 주인의 역량에 따라서 그 전투력이 달라지기는 하지만, 전승에 따르면 아젤이 다룰 때는 용이 지혜를 갖고 마법을 사용하면 이렇지 않을까 싶을 정도로 무서웠다고 한다.

이 용마기의 무서운 점 중 하나는 바로 이동 능력이다. 주인이 잠자고 있더라도 그들을 태우고 하늘을 날아서 이동시킬 수 있다.

어둠의 설원으로서는 도저히 대응책을 찾을 수 없는 상황이다.

최정예 병력을 집중해야만 아젤 일행을 해치울 수 있다. 그런데 아젤 일행은 그럴 틈을 주지 않는다.

“놈들과 우리의 전력비를 생각해도, 우리의 손해가 너무 커.”

어둠의 설원이 일방적으로 당하고만 있는 것은 아니다. 그들은 대륙을 혼란에 빠뜨려서 인간 국가들이 서로 싸우고, 내부적으로 상잔하게 만들었다. 수호그림자들은 이 상황을 잠재우려 애썼지만 이미 터진 문제를 봉합하기란 쉬운 일이 아니다.

그리고 수호그림자가 일방적으로 이기고 있는 것도 아니다.

“우리가 나서지 않으면 승리가 없을 정도라면, 심각하지.”

어둠의 설원도 대응에 나섰다. 공허의 길 거점마다 정예병력을 배치해 두고, 전투가 벌어진 것이 알려지면 추가 병력을 투입한다.

니베리스와 키르엔이 투입된 이곳에서 그들은 수호그림자를 격파하는 데 성공했다. 이곳을 공격한 수호그림자의 일원들도 강했지만 강력한 용마기를 초래한 두 용마족 앞에서 무력하게 쓰러지고 말았다.

"라우라……."

니베리스가 분노를 담아 중얼거렸다.

어떻게 적들이 공허의 길 거점을 낱낱이 알고 있는가?

그 답은 생각할 것도 없었다. 라우라는 거의 모든 공허의 길 거점을 알고 있는 인물이니까.

키르엔이 말했다.

"이건 아주 심각한 문제야."

"말하지 않아도 누구나 알고 있는 문제다."

"아니야."

그 말에 니베리스가 불쾌한 표정으로 키르엔을 노려보았다. 하지만 키르엔은 심각했다.

"적들이 우리의 기밀을 알고 있다. 그리고 총력을 다해서 공격해 온다. 이것만으로도 분명히 심각한 상황이지. 하지만 진정으로 두려워해야 할 것은 그게 아니야."

"무슨 말을 하고 싶은 거지?"

"니베리스, 우리는 용마전쟁 종식 이후 처음으로 수성전을 벌이게 된 거야."

"뭐라고?"

"우리는 언제나 공격하는 입장이었어. 우리의 적들이 세운 방벽이 불완전함을 증명하기만 하면 되었지."

어둠의 설원의 싸움은 전쟁과는 달랐다.

안정된 구조를 지닌 세계를 지키는 것과 공격하는 것, 어느 쪽이 더 어려울 것 같은가?

당연히 지키는 것이 공격하는 것보다 어렵다. 세상과 전면전을 벌일 힘이 없는 어둠의 설원은 늘 어둠 속에 숨어서 세상을 공격하는 입장이었다.

"그동안은 수호그림자 역시 세상의 방벽이었지. 아주 강건하지만, 그래도 방벽일 뿐이었어."

그런데 이제 입장이 바뀌었다.

지금까지 어둠의 설원은 공격받을 성벽 자체를 노출하지 않았다. 어둠의 설원은 천혜의 요새였다. 설령 인류와 전면전을 벌여서 패배한다고 하더라도 거기까지 쫓아와서 끝장을 보기는 어려울 정도로.

덕분에 용마전쟁 때도 그들은 살아남았다. 애당초 공허의 길이 아니면 대규모 인원이 거기까지 도달하는 게 불가능한 땅이기 때문에.

"하지만 이제 우리의 성벽이 노출되었어. 우리는 필사적으

로 공허의 길을 지켜야 해. 이 성벽을 잃으면 우리는 세상을 상대로 싸울 힘을 잃어버릴 테니까."

키르엔의 통찰에 니베리스는 등골이 오싹해졌다. 이제야 그가 짚고자 하는 문제를 알 수 있었다.

정복자이자 침략자였던 용마왕군의 정체성을 잃은 이후 어둠의 설원은 단 한 번도 방어자의 입장이었던 적이 없었다. 그런데 이제는 철저하게 그 역할을 강요받게 된 것이다.

하지만 두 사람은 아직 몰랐다. 아젤 일행이 획책하는 것은 그보다 더 치명적인 무언가임을.

5

발란 숲에서 제2차 어둠의 대동맹을 막아낸 용마공주 아리에타와 용마왕자 세이가는 그쪽의 상황이 정리되자 철수, 한동안 휴가를 받았다.

그 휴가는 그리 길지 않았다. 조금 기세가 뜸해지기는 했지만 리로스 왕국과의 전쟁이 진행 중이기 때문이었다. 아리에타와 세이가 모두 곧 자신들이 동부 국경 전장으로 투입될 것을 예상하고 있었다.

자신들의 모친, 용마왕비 리에르의 부름을 받은 두 사람은 올 것이 왔다고 생각했다. 그런데…….

"당신은?"

리에르의 궁에서 마주한 사람을 보는 순간, 세이가는 깜짝 놀라서 전투태세로 들어갔다. 동시에 아차 했다.

'장검이라도 가져올 것을!'

왕궁 안에서 어머니의 부름을 받고 오는 것이라 무장을 하지 않은 상태였다. 특히 세이가의 무장은 워낙 중장비라서 전투에 나설 때가 아니면 갖고 다니지 않는다.

세이가는 그 사실이 이토록 후회스러울 수가 없었다.

상대는 긴 금발에 자수정 같은 눈동자, 그리고 자수정 공예품처럼 위로 휘어서 펼쳐진 뿔을 가진 용마족 소녀였다. 인형처럼 아름답고 무표정한 그녀는 세이가 입장에서는 꿈에도 잊을 수 없는 적이었다.

"라우라 아운소르……!"

바단 백작령에서 그에게 처참한 패배를 선사했던 용마족 마법사.

"모두 도망쳐라!"

세이가는 자신들을 따르던 시종들 앞으로 나서며 외쳤다.

"누님! 여기는 제가 막을 테니 어머님에게 가주십시오!"

비장한 표정을 지은 그의 몸에서 용마력이 전개되었다.

무장을 하지 않았다고 하더라도 그에게는 일반 병사 수십 명을 찢어발길 수 있는 전투 능력이 있었다. 이전과 달리 잊힌 비술을 터득한 지금이라면 시간을 끄는 역할은 할 수 있을 터.

"잠깐. 세이가."

그런 그를 아리에타가 말렸다. 무시무시한 위압감을 발하는 세이가를 앞에 둔 라우라의 태도가 이상했던 것이다.

"누구인지는 모르겠지만, 적의가 없는 상대다."

"음……!"

그 점은 세이가도 느끼고 있었다. 그녀와 마찬가지로 시선 감지를 포함한 잊힌 비술들을 아젤에게 전수받았으니까.

라우라가 말했다.

"그의 말대로네."

"누구를 말하는 거지?"

"용마왕자는 앞뒤 안 가리고 적대할 것이고, 용마공주는 차분하게 상황을 살필 거라고 했지. 아니꼽기는 하지만 제자를 아주 잘 아는 스승이라고밖에……."

"스승님을 말하는 것인가?"

"그렇다."

그때 그 뒤에서 카이렌이 모습을 드러냈다. 그의 모습을 본 아리에타와 세이가는 혼란에 빠졌다.

"스승님? 이게 어떻게 된 일입니까?"

세이가는 긴장을 풀지 않고 말했다. 존경하는 스승 앞이지만 도저히 상황을 이해할 수 없었다.

'혹시 스승님으로 위장한 적이 아닐까?'

그런 의심이 들 정도였다.

카이렌이 피식 웃었다.

"방심하지 않는 자세는 칭찬받을 만하다. 하지만 나는 진짜 너희의 스승 카이렌 타란토스다."

"하여튼 짓궂기는. 시시한 장난에 사람을 동원하고."

라우라는 투덜거리면서 몸을 돌렸다. 그리고 이 상황을 싹 무시하고 안으로 걸어가 버렸다.

도무지 상황을 이해할 수 없어서 혼란스러워하는 두 사람에게 카이렌이 말했다.

"너희의 도움이 필요해서 불렀다. 이는 이미 국왕 폐하께서도 허가하신 사항이다. 따라오거라."

6

"이전에는 전설의 영웅을 몰라보고 실례를 범했소, 아젤 카르자크 후작."

아리에타가 정중하게 예를 표했다.

타란토스 공작령에서 헤어진 후로 4개월 만의 재회였다. 하지만 그동안 밝혀진 사실은 가볍지 않았다.

아젤이 실소했다.

"어떻게 아셨습니까?"

"적들이 확인시켜 주었소. 그대가 농담처럼 던졌던 말이 진실임을."

“그들의 말을 믿으시는 겁니까?”

“믿소. 가슴 한구석으로 그럴지도 모른다고 생각하던 사실에 그들이 확인 도장을 찍어주니 아주 쉽게 인정할 수 있더군. 내 동생은 영 불만인 것 같지만.”

그 말에 아젤의 시선이 세이가에게 향했다. 세이가는 참으로 복잡 미묘한 심경을 표정으로 드러내고 있었다.

아젤이 대단한 사람임을 안다. 그에게 배운 것은 천금 같은 가치가 있다는 것도 인정한다.

하지만 이전에 당한 굴욕 때문에 아젤이 전설의 영웅임을 인정하고 존경을 표하기는 영 껄끄러운 것이다. 소년다운 오기였다.

아젤이 피식 웃었다.

“이제 와서 그러실 것 없습니다. 그냥 예전처럼 대해주시지요. 제가 나딕 제국의 후작이기는 합니다만 지금의 공주님보다 신분이 높지는 않으니까요.”

“흠. 그대가 바란다면 그러도록 하지.”

아리에타는 선뜻 태도를 바꾸었다. 그 빠른 변화에 아젤은 웃음이 나왔다.

“못 보는 사이에 늠름해지셨군요. 강해지신 것 같습니다.”

“보통은 아름다워졌다고 하지 않는가?”

“제가 그런 말을 하면 어디의 팔불출 공작님께서 입에 침이 마르도록 자랑을 늘어놓으실 것 같으니, 전사로서의 공주

님에 대해서만 이야기하도록 하겠습니다."

"말솜씨는 여전하군. 하지만 기분이 나쁘지는 않다. 다른 사람도 아니고 전설의 영웅 아젤 카르자크의 칭찬이니."

"제 얼굴에 자꾸 금을 치덕치덕 발라주시는 것은 공작님만으로도 충분합니다. 저에 대해서는 이쯤 해두고… 본론을 이야기해 볼까요?"

"어머님께 간략한 이야기는 들었다."

용마왕비 리에르는 수호그림자의 일원이었다. 용마왕비가 되면서 일선에서 은퇴하기는 했지만, 여전히 수호그림자의 일원들과 연결 관계를 유지하면서 필요한 것들을 지원해 주고 있었다.

그녀는 그 사실을 자식들에게 밝히지 않았다.

용마왕족의 의무만 하더라도 무겁기 짝이 없기 때문이다. 리에르는 두 사람을 수호그림자의 가혹한 싸움에 끌어들이고 싶지 않았다.

하지만 이제는 상황이 변했다. 내내 답답하게 여겨왔던 사실들이 밝혀지면서 결전의 때가 다가오고 있었다. 어쩌면 인류의 운명을 결할지도 모르는 중대한 국면이다.

카이렌의 설명을 통해서 리에르는 그 사실을 이해할 수 있었다. 그래서 이제는 카이렌이 통솔하는 수호그림자의 싸움에 두 자식을 참전시키기로 했다.

"대마법사 칼로스가 만든 조직이 용마왕 숭배자들과 이면

에서 싸우고 있었다니… 참으로 놀라운 일이다. 스승님께서 그 조직의 일원이라는 것은 그랬구나 싶은 정도지만."

카이렌은 아리에타와 세이가에게 수호그림자에 대해서 밝히지 않았다. 하지만 그녀를 위기에서 구해내면서 밝히지 않은 무언가가 있다는 뉘앙스를 풍긴 바 있었다.

아젤이 말했다.

"그럼 구체적인 이야기를 해보도록 하지요. 일단 질문부터 받겠습니다."

두 사람을 수호그림자의 일원으로 삼기로 한 이상, 설명해야 할 것이 많았다. 그들은 긴 시간 동안 이야기를 나누었다.

7

"저, 왠지 꿈을 꾸고 있는 것 같아요."

성장기의 소녀는 잠깐만 떨어져 있다가 다시 만나도 크게 달라져 있게 마련이다.

아젤은 새삼 그 사실을 실감했다. 에노라를 다시 보는 것은 불과 4개월 만이지만 눈에 띄게 성장해 있었기 때문이다. 물론 전과 비교했을 때 그렇다는 것이고 아직도 젖살이 다 빠지지 않은 귀여운 소녀일 뿐이기는 했지만.

아젤이 물었다.

"어째서?"

"음. 아젤 경… 아니, 이제 카르자크 후작님이라고 불러야겠지요?"

"그냥 아젤 경이라고 해도 괜찮아."

"그렇게 할게요. 제가 전설의 영웅 아젤 카르자크의 머리를 다듬어드리고 있다는 게 믿기지가 않아서요."

에노라는 오랜만에 만난 아젤의 머리를 다듬어주고 있었다. 그동안 귀찮을 정도로 자랐다 싶으면 대충 칼로 잘라버리면서 지냈기 때문에 마지막으로 봤을 때와 비교하면 무척 거친 모양새다.

"처음 해보는 일도 아니면서 뭘 새삼스레. 설령 내가 그 아젤 카르자크라고 해도 차암 별것 아닌 기분이라면서?"

"그, 그런 말은 빨리 잊어주세요."

에노라가 얼굴을 붉혔다. 아젤은 전에 만났을 때 그녀가 했던 이야기를 하나도 잊지 않고 있었던 것이다.

"…하지만 정말이었다니 놀랐어요."

"그런 것치고는 별로 놀란 기색이 아닌데?"

"훨씬 전에 사실을 듣고는 기절하는 줄 알았거든요?"

발란 숲에서 용마왕 숭배자들에게 아젤의 정체를 확인받은 아리에타는 그 사실을 에노라에게도 알려주었다. 그때는 놀란 토끼마냥 눈이 휘둥그레지고 말았다.

"그래서, 어땠는데?"

"음……."

아젤의 물음에 에노라가 우물거리더니 살짝 새침한 표정으로 말했다.

"놀라긴 했지만 그래도 왠지 그랬구나, 그럴 수도 있겠구나 싶은 그런 기분이었어요."

아리에타나 자일과 마찬가지다. 그녀도 왠지 아젤이 역사 속의 영웅 아젤 카르자크라는 사실을 알았을 때 놀라는 한편 역시 그랬던 것인가, 하고 자연스럽게 받아들이는 스스로를 발견했다.

"하지만 그보다도 전에 해주셨던 이야기들이 더 와 닿았어요."

"내 시대의 이야기?"

"그렇게 말씀하시니 정말 오래전 사람 같네요."

"음. 노인네 같은가?"

"약간은요."

장난스럽게 웃은 에노라가 물었다.

"전 잘 모르겠지만… 아젤 경은 그때처럼 중요한 싸움을 하고 계시는 거지요?"

에노라는 아젤의 정체 말고는 구체적인 사정은 듣지 못했다. 그녀에게 알려줄 만한 이야기도 아니었다.

하지만 지금까지 겪어왔던 일들, 그리고 이번에 모인 면면들만 봐도 알 수 있었다. 이 시대에 깨어난 아젤이 역사로 남은 용마전쟁만큼이나 중요한 싸움을 하고 있다는 사실을.

"유감스럽게도 그렇지."

"유감스러운가요?"

"기왕이면 이런 싸움을 하지 않아도 되는 시대에 깨어나고 싶었으니까. 에노라 양 같은 소녀들이 음침한 용마왕 숭배자들을 무서워하지 않아도 되는 그런 세상이 되었으면 좋았을 텐데……."

"……."

물끄러미 아젤을 바라보던 에노라가 물었다.

"아젤 경은 그 싸움이 끝나면 뭘 하고 싶으세요?"

"음?"

"전설의 영웅도 싸움이 끝난 후에 하고 싶은 일이 있나 궁금해서요."

"하고 싶은 일이라……."

아젤은 허를 찔린 듯 멍청한 표정을 지었다.

별로 생각해 본 적이 없는 문제였다.

깨어난 후로 그에게는 싸움이 곧 삶이었다. 늘 눈앞의 적과 목숨을 걸고 치열하게 싸웠기에 싸우지 않아도 되는 미래에 대한 구상은 추상적이었다.

평화롭게 살 수 있었으면 좋겠다.

행복하게 살 수 있으면 좋겠다.

그런 막연한 소망이 있을 뿐이지 구체적으로 뭘 어떻게 할지 생각해 볼 기회가 거의 없었다.

잠시 생각해 보던 아젤이 물었다.

"에노라 양은?"

"제가 먼저 물어봤잖아요."

"이래 봬도 내 미래 계획은 좀 비싼 정보인데……."

"흥, 좋아요. 전설의 영웅님이시니 제가 양보할게요."

토라진 기색이 역력한 에노라의 목소리에 아젤은 웃어버리고 말았다.

에노라가 말했다.

"전 공주님이 은퇴하실 때까지 모시다가, 은퇴하시고 나면 공주님을 따라가서 전속 시녀장이 될 거예요. 턱짓으로 다른 시녀들을 부리는 지위를 누리다가 좋은 사람 만나서 행복하게 사는 게 꿈이랍니다."

"그거 뭔가… 소녀다운 꿈과는 거리가 멀잖아? 엄청 현실적이네?"

"그럼요. 제가 일한 경력이 얼마인데 뜬구름 잡는 소리를 하겠어요? 왕실 시녀장을 노려볼까 고민하기도 했는데, 그럼 권력을 쥐게 될지는 몰라도 너무 팍팍할 것 같아서 그만두기로 했어요. 세계 제일의 게으름뱅이를 꿈꾸시는 공주님은 아주 좋은 윗사람이시니까 그 곁에서 유유자적 행복하게 살면, 그것도 참 좋을 것 같아요."

"인생 설계가 명확하구나. 대단한데."

"자, 이제 아젤 경 차례예요."

"흠. 나는 아마… 또 싸우러 갈 것 같군."

아젤이 쓴웃음을 지으며 말했다.

에노라가 눈을 동그랗게 떴다.

"왜요?"

"싸워서 해결해야 할 일이 많이 남았거든."

아젤은 에노라의 질문을 통해서 자신이 해야 할 일들을 정리해 볼 수 있었다.

"이 싸움이 끝나고 나면……."

곧 부활한다는 용마왕 아테인과 그의 추종자들을 다시 쓰러뜨리고, 잠들기 전부터 이어져 내려온 싸움을 끝내고 나면, 그런다면…….

"내 영지로 돌아가서 거길 사람이 살 수 있는 곳으로 재건할 생각이야. 비제스 왕국과의 관계도 있고 해서 쉬운 일은 아닐 것 같지만, 해야 하는 일이지."

"아……."

그 말에 에노라가 아차 하는 표정을 지었다.

카르자크 후작령의 비극은 널리 알려져 있는 사실이었다. 아젤이 그 아젤 카르자크라는 것을 몰랐을 때라면 모를까, 지금은 그에게 그 역사적 사실이 얼마나 큰 상처로 다가올지 상상해 볼 수 있었다.

"그런 표정 짓지 마, 에노라 양. 실수한 거 아니니까."

"보지도 않으시면서 그런 말씀을……."

에노라는 아젤의 머리를 다듬어주느라 계속 뒤에 서 있었다. 아젤이 장난스럽게 물었다.

"보이는데?"

"어떻게요?"

"옆을 봐."

자연스럽게 옆을 본 에노라는 혼비백산했다. 그곳에 또 다른 아젤이 턱을 괴고 자신을 빤히 바라보고 있었기 때문이다.

"꺄아아아아악!"

"헉, 에노라 양, 가위 위험해! 가위!"

분신으로 에노라를 놀라게 한 아젤은 허둥지둥 에노라가 휘두르는 가위를 피해야 했다.

8

라우라는 흔들의자에 앉은 채 방패처럼 크고 석판처럼 두꺼운 책을 들여다보고 있었다.

실로 오랜만에 취하는 휴식이다. 영봉 라우스에서의 일이 끝난 후 거의 한 달 동안이나 정신없이 대륙 곳곳을 돌아다녔고 거의 대부분 야숙을 했다. 그러다 보니 이렇게 호화로운 방에서 누군가의 시중까지 받아가면서 휴식을 취하는 상황은 달콤한 꿈처럼 다가왔다.

문득 그녀가 고개를 들었다.

"아젤."

아젤이 기척을 내고 방 안으로 들어왔다. 라우라를 본 그의 눈이 휘둥그레졌다.

라우라가 고개를 갸웃했다.

"왜?"

"…아니, 노인네 같아서."

라우라는 헐렁한 가운을 입고 흔들의자에 앉아서 무릎담요를 덮은 채 책을 보고 있었다.

'요염한 모습이기는 한데 왜 이렇게 늙은이나 나이 먹은 귀부인 보는 느낌이지?'

용마왕비는 일행 모두를 중요한 손님으로 대접했다. 그래서 라우라에게도 실력 있는 시녀들이 붙어서 때 빼고 광을 내주었다.

여기에 옷만 잘 갖춰 입으면 넋을 잃을 정도로 아름다울 텐데…….

'지금도 매력적이긴 하다만.'

헐렁한 가운 사이로 뽀얀 가슴골과 맨발을 드러내고 있는 라우라의 모습은 야릇한 상상력을 자극하기에 충분했다. 다만 라우라의 태도가 그런 것과는 거리가 먼, 집 안에서 긴장 풀고 뒹굴거리는 노인네 같을 뿐.

라우라가 뾰로통한 기색으로 말했다.

"오랜만에 다른 사람 손을 타서 좀 나른해진 것뿐이야."

그녀도 어둠의 설원에 있을 때는 귀하신 몸인지라 남들이 시중을 드는 것을 전혀 어색하게 여기지 않았다. 아젤이 피식 웃었다.

"오늘 하루쯤은 이런 것도 괜찮겠지. 방비도 잘 갖춰놨고."

"쉬기 위해서 심력을 낭비해야 하는 것도 우습지만."

겉보기로 보면 극단적으로 흐트러진 것 같지만 사실 라우라는 지금도 갖가지 마법을 쓰고 있는 중이다.

애당초 고위 마법사는 안전에 대한 결벽증 같은 것이 있어서 자신이 취할 수 있는 대책을 다 취해놓지 않으면 안심을 하지 못한다. 방만하게 풀어지려면 일단 경계, 방어 역할을 해주는 마법을 다 펼쳐놓는 작업이 필요한 피곤한 성격인 것이다.

당연히 비탄의 잔에 대해서도 조치를 취해두었다.

적에게 실시간으로 위치를 제공하는 이상, 아무리 왕궁이라고 해도 여기 있다고 알리는 것은 위험하다. 용마왕 숭배자들이 사람들 눈을 피해 암약하는 것을 철칙으로 삼는다고 하나 적의 원칙에 기대어 위험한 도박을 하고 싶지 않았다.

무엇보다 아젤은 그들 입장에서는 무슨 수를 써서라도 죽여야 할 적이다. 자신들의 존재를 드러내는 것을 감수하고 일국의 왕궁을 날려 버릴 가능성도 있다.

"접근해 온 적은 없나?"

아젤이 방 한구석을 보며 물었다. 그러자 바닥에서 수호그림자 하나가 불쑥 튀어나왔다.

「아직, 아무도…….」

"흠. 위치야 어차피 확실하게 알 수 있으니 염탐은 집어치우고 전력부터 집중시키는 건가?"

비탄의 잔은 지금도 초래된 상태다.

왕궁에서 5킬로미터 떨어진 야산에 설치된 결계 안에 있었다. 적이 접근한다면 거기에 배치해 둔 수호그림자를 통해서 알 수 있을 것이고, 곧바로 해제해서 거두어들이는 것이 가능하다.

그런 일이 가능한 것은 라우라가 칼로스에게서 받은 마법서 덕분이다. 그 마법서는 칼로스의 마법 지식을 망라해 놓은 것은 물론이고 상당한 마법들을 시연해 볼 수 있도록 각인해 두기까지 했다.

라우라 같은 고위 마법사에게 이 책은 가치를 따질 수 없는 보물이다. 원래 마법사는 선대의 지식에 높은 가치를 부여하고 집착한다. 자신이 얻을 수 있는 지식을 다 공부한 후에는 스스로 연구해서 길을 개척할 수밖에 없는 것이 마법사이기 때문이다.

당연히 한 개인이 연구해서 개척할 수 있는 지식의 양은 한정되어 있다. 이미 누군가가 연구하여 검증한 지식을 얻을 수 있다면 그것만으로도 마법사가 할 수 있는 일이 늘어난다.

하물며 이 책은 아테인과 용마장군들마저 인정했던 불세출의 천재 칼로스가 인간의 수명을 초월한 시간 동안 연구한 결과물을 망라해 놓은 것이다. 이 책의 지식을 습득하는 것만으로도 라우라는 하루하루 역량이 발전하고 있었다.

문득 라우라가 말했다.

"하지만 이상해."

"뭐가?"

"왜 칼로스 리제스터는 이 책을 내게 준 걸까?"

칼로스는 자신의 마법적 성과의 정수라고 할 수 있는 이 책을 전할 상대로 유렌이 아닌 라우라를 선택했다. 유렌이 자신의 후손임을 인정하면서도 말이다.

심지어 이 책은 라우라 말고는 내용을 읽을 수도 없도록 처리되어 있었다. 유렌은 라우라가 읽고 습득한 내용을 전달받는 비효율적인 학습 과정을 거쳐야 했다.

"글쎄."

아젤이 왠지 어두운 표정으로 말했다. 칼로스가 거론되었기 때문에 저런 표정을 짓는 것인지도 몰랐지만, 라우라는 다른 낌새를 알아차렸다.

"뭘 감추고 있어?"

"……."

"칼로스가 알려준 사실 중에 우리에게 말하지 않은 게 있어?"

"있어."

아젤은 순순히 고개를 끄덕였다. 너무 자연스러운 대답이라 오히려 라우라가 놀랐다.

"어째서?"

이해할 수가 없다.

두 사람의 개인사라면 말하지 않는 것을 이해할 수 있다. 하지만 아젤의 말이 풍기는 뉘앙스는 일행에게 있어서도 중요한 사실인 것 같지 않은가?

아젤이 굳은 표정으로 말했다.

"확신하지 못하는 사실이기 때문이야. 그리고 그런 상태로는 말하기 힘들어."

"음……."

라우라는 불만스러운 기색이었지만 더 따지고 들지 않았다.

아젤이 물었다.

"추궁하지 않을 거야?"

"당신이 그렇게까지 말한다면 그럴 만한 이유가 있을 테니까."

아젤은 그녀의 말에서 흔들림 없는 신뢰를 읽었다.

문득 칼로스가 떠오른다. 자신을 향한 아젤의 변함없는 신뢰를 느끼고 감격하던 그가.

조금은 그의 기분을 이해할 수 있을 것 같았다. 머나먼 미

래로 혼자 내던져진 그에게 이런 신뢰를 보이는 사람이 있다는 것만으로도 크나큰 위안이 되었다.

라우라가 말했다.

"한 가지만 말해줘."

"물어봐."

"그건, 유렌이 우리 적이 될 수도 있다는 뜻이야?"

"아니."

아젤이 망설임없이 고개를 저었다. 그 대답에 라우라는 당혹스러웠다.

아젤의 이야기를 들으면서 인도자의 정체와 관련된 이야기일 거라고 추측했다. 그렇게 추측할 만한 근거가 너무 많았으니까.

일단 칼로스는 인도자가 아니었다.

그리고 왠지 상당히 꺼림칙한 이야기와 함께 희망의 상자라는 기분 나쁜 물건을 유렌에게 전했다. 자신의 마법사로서의 정수가 담긴 유물은 볼 수도 없도록 조치해 가면서.

이렇게 되면 자연스럽게 불길한 가정을 하게 된다. 인도자의 정체가 자신들의 적일 가능성.

그런데 아젤은 단칼에 그 추측을 부정했다.

라우라는 혼란스러웠다. 수많은 가능성이 머릿속에서 소용돌이쳤지만, 진실이라고 생각되는 것은 하나도 없었다.

아젤은 확신을 담아 말했다.

“유렌이 우리를 적대하진 않을 거야. 그것만은 믿고 있어.”

9

아젤 일행은 딱 하루만 루레인 왕궁에 머물렀다. 한곳에 오랫동안 머무를 수 있는 상황이 아니었기 때문이다.

그 하루 동안 많은 것이 결정되었다.

아리에타와 세이가뿐만 아니라 자일, 그리고 그를 통해 보어까지도 수호그림자의 일원으로 들여서 협력 체제를 구축하기로 했다. 확실하게 믿을 수 있는 사람이 하나라도 더 필요한 상황이었고 그럴 만한 사람은 극소수였다.

그리고 아리에타가 일행에 합류하기로 결정되었다.

이 결정이 나기까지 상당한 갈등이 있었다. 아리에타와 세이가가 서로 자기가 가겠다고 고집을 부렸기 때문이다.

둘 다 데려갈 수는 없었다. 용마공주와 용마왕자는 루레인 왕국에서 중요한 의무를 수행해야 하는 몸이다. 적어도 한 사람은 대외적인 활동을 계속할 필요가 있었다.

이 대립이 아리에타의 승리로 끝난 이유는 카이렌이 아리에타 손을 들어줬기 때문이었다.

“객관적으로 판단할 때, 용살의 의식을 치른 아리에타의 잠재력이 세이가 너보다 더 높다.”

스승의 냉정한 평가에 세이가는 이를 악물었다.

분하지만 부정할 수 없다. 용살의 의식을 치른 후로 아리에타의 용마력이 눈에 띄게 성장했다. 그녀가 용마인이라는 것을 믿을 수 없을 정도로 큰 폭으로.

“그리고 너는 라우라에게 감정적인 앙금이 있지.”

이 또한 부정할 수 없는 사실이었다.

결국 세이가는 분루를 삼키며 물러날 수밖에 없었다.

카이렌이 낙심한 세이가를 위로했다.

“여기에 남는 너도 책임이 막중하다. 다른 수호그림자들과 힘을 합쳐서 놈들의 생명선을 끊는 것도 목숨을 걸어야 하는 일이다.”

“알고 있습니다.”

아득한 시간을 초월하여 되살아난 전설의 영웅 아젤과 함께 세계의 운명을 건 싸움에 참가한다.

이 시대에 태어난 무인이라면 누구나 가슴 설레는 일일 것이다. 세이가 역시 예외가 아닌 만큼 크게 낙담했다.

“누님이 부럽군요.”

세이가가 쓴웃음을 지었다.

10

카이렌은 아리에타에게 주의사항을 말해주었다.

"아리에타, 우리 일행에 합류한 이상 너는 한 사람 몫을 해야 한다. 네 신분 때문에 예외를 두진 않는다."

"물론 그럴 생각입니다."

어려서부터 카이렌에게 혹독하게 단련받은 아리에타다. 평소 왕궁에 있을 때는 믿을 수 없을 정도로 게으름을 부리며 살지만, 사실은 어디다 던져놔도 혼자 살아갈 능력이 있었다.

"네게 중요한 것을 가르쳐야 하지만, 좀 뒤로 미루도록 하겠다."

"어째서입니까?"

"당분간은 우리 속도에 적응해야 할 테니까. 우리는 아주 빠르게 움직인다."

그 말에 아리에타의 표정이 좀 굳었다. 스승이 얼마나 비상식적인 이동 능력을 자랑하는지는 잘 알고 있었다.

'따라갈 수 있을까?'

솔직히 걱정이었다. 아젤에게 잊힌 비술을 전수받고, 그 후로 용살의 의식까지 치렀지만 여전히 자신이 없었다.

동시에 의문이 든다.

'이들은 따라갈 수 있단 말인가?'

아젤이야 그렇다 치고 일행 전원이 그 속도를 따라갈 수 있단 말인가?

그 답은 곧 얻을 수 있었다. 실제로 이동을 시작했으니까.

"하아, 하아……."

아리에타는 간만에 순수하게 달리기만으로 탈진 상태를 경험할 수 있었다.

원거리 이동에 대해서는 제법 단련이 되었다고 생각했다. 어린 시절 카이렌에게 단련받는 동안 산악을 뛰어다닌 일이 한두 번이던가?

하지만 아젤 일행의 속도는 그녀가 경험한 한계를 가볍게 넘어서고 있었다. 더 놀라운 것은…….

"아리에타에게 맞추느라 속도를 많이 늦추고 있는데, 괜찮을까?"

"속도를 우선시한답시고 아직 적응 못한 공주님이 돌발적인 전투에 대응할 체력이 안 남게 되면 그쪽이 더 큰일일 거라고 봅니다만……."

"그렇긴 하지만 상황이 상황이다 보니 아무래도 불안하군."

카이렌과 아젤은 식사를 준비하면서 이런 대화를 나누고 있다는 점이다.

"여기, 물이라도 드세요."

일행과의 분위기는 어색했다. 아젤이나 카이렌이야 친숙하지만 라우라나 레티시아, 유렌은 대하기가 막막하다.

다행히 유렌은 싹싹하게 말을 걸어와 주었다.

"고, 고맙다."

"그래도 첫날인데 잘 따라오시네요."

"……."

지닌바 능력이 얼마나 뛰어난가와는 별개로, 아젤 일행이 이동하는 방식은 보통은 아무도 그렇게 하지 않는 짓이다.

자기 두 발로 산을 뛰어넘고 강을 달려서 건너가면서 하루에 수백 킬로미터를 종횡무진 내달릴 생각을 하는 작자가 몇이나 있겠는가? 단거리라면 지형을 무시하고 달려가겠지만 먼 길을 갈 때 멀쩡한 말과 마차를 두고 두 발로 뛰어가는 것은 심히 이상한 짓이다.

즉 아리에타는 자신의 능력을 이런 방식으로 살릴 경험을 하지 못했다. 아마 며칠 정도 이대로 이동해 보면 점점 여유가 생길 것이다.

"그렇다고는 해도… 대단하군."

라우라도, 레티시아도, 유렌도 다들 조금도 힘들어하지 않는 기색이었다. 아리에타도 자신의 기량에 자부심이 있었던 만큼 오기가 치솟았다.

"레티시아 씨라고 불러도 되나?"

"씨는 빼고 불러줬으면 좋겠군. 그냥 레티시아로 충분하다."

레티시아가 무뚝뚝하게 대답했다. 상대가 공주든 말든 존대할 생각 자체가 없는 태도였다.

하지만 아리에타는 화내는 기색 없이 물었다.

"그럼 나도 그냥 아리에타라고 불러주겠나?"

"…흠."

레티시아의 표정이 묘해졌다.

"왕족이라고 하면 자기 계급을 존중받는 데 목숨 거는 줄 알았는데 그렇지도 않은가?"

"내가 좀 이상하다고 생각해 주기 바란다. 다른 왕족은 안 그렇지."

"그렇군. 그럼 그렇게 하지, 아리에타."

그 말에 아리에타가 묘한 표정을 지었다. 레티시아가 의아해하며 물었다.

"왜 그러지?"

"…아, 처음으로 경험하는 일이라 그렇다."

"뭐가?"

"비슷한 연배의 여성이 나를 이름만으로 부르는 것. 어릴 적에 가명으로 불려본 적은 있지만 본명이 불리는 것은… 흠. 묘한 기분이군. 하지만 싫지 않아."

고개를 끄덕이며 중얼거리는 아리에타를 본 레티시아는 자기도 모르게 피식 웃었다.

"당신, 이상한 공주로군."

"칭찬으로 들어도 되겠나?"

"그렇다고 해두지."

솔직히 아리에타가 합류한다는 소리를 들었을 때는 별로 기분이 좋지 않았다. 이미 일행은 함께 사선을 넘으면서 유대

감을 이루었다. 그런 상황에 모르는 누군가가 끼어드는 것이 달가울 리가 있겠는가?

상대가 공주라는 신분을 가졌음을 알게 되자 반감은 더욱 커졌다. 하지만 아리에타의 태도를 보니 그런 마음이 조금이나마 사그라진다.

아리에타는 다음으로 라우라에게 말을 걸었다.

"라우라 씨……."

"혹시나 해서 말해두지만……."

그녀가 말을 맺기도 전에, 라우라가 무표정한 얼굴로 말을 끊었다.

"뒤에 아운소르는 붙이지 말아줘. 그 이름, 버렸으니까."

"흠. 솔직히 달가운 이름이 아니었는데 잘되었군."

"그냥 라우라라고 불러. 나도 당신을 아리에타라고 부를게."

"고맙다."

아리에타는 즐거워하는 기색이었다. 어린 시절, 카이렌에게 가르침을 받을 때 이후로는 늘 공주로만 살았던 아리에타에게 지금 이 경험은 신선한 자극을 주고 있었다.

간략하게 식사를 마치고 나자 카이렌이 설명했다.

"어제 설명한 대로 우리는 공허의 길 거점을 파괴하면서 돌아다니고 있다."

라우라와 레티시아, 유렌을 통해서 정리한 공허의 길 거점

은 총 222곳이었다.

"…많기도 하군요."

아리에타가 놀랐다. 하지만 생각해 보면 대륙은 넓다. 수가 그 정도로 많지 않다면 대륙 어디에나 신출귀몰하게 나타날 수 없으리라.

"현재 남은 곳은 204개다."

이전에 예언지킴이들이 파괴한 것을 포함, 현재까지 18개의 거점을 파괴했다.

수월하기만 한 싸움은 아니었다. 어둠의 설원에서 병력을 배치해서 방어에 돌입했기 때문이다.

각처에서 활동 중이었던 말단 조직원들까지 그곳으로 불러들이고 있었다.

공격해 들어간 수호그림자들이 오히려 몰살당하는 일도 몇 번 있었다. 그렇게 되자 카이렌은 행동 방침을 극도로 신중하게 변경했다.

먼저 수호그림자들만 공격해 들어가서 적들의 반응을 살핀다. 그리고 감당 못할 고위 간부가 있다고 판단될 경우에는 공격을 단념한다.

물론 아젤 일행은 예외였다. 현재까지 아젤 일행이 충돌을 피하는 대상은 알마릭과 레이거스뿐이었다.

카이렌의 설명을 들은 아리에타가 혀를 내둘렀다.

"전설의 영웅에 전설의 용마장군이라. 현실감이 옅어지는

군요. 직접 싸워야 할 적인데도…….”
“닥치고 나면 정신이 번쩍 들 거다.”
카이렌이 코웃음을 쳤다.

CHAPTER 39
전언

魔展龍劍

1

케이알리아에게는 실체가 없다.

용마전쟁보다도 훨씬 오래전에 그녀는 폐쇄된 부족 사회에서 신처럼 추앙받는 1세대 용마족이었다.

전생을 거듭하며 살아온 그 세월은 지상에 존재하는 그 어떤 국가의 역사보다도 길었다. 네 명의 용마장군조차도 그녀 입장에서는 어린애나 마찬가지일 정도였으니까.

하지만 케이알리아는 스스로를 그렇게 나이 많은 존재로 여기지 않는다.

분명 기억은 남아 있다. 부모 없이 지상을 걷게 된 그 순간부터 몇 번이나 다른 인물로 전생하며 살아온 기억들.

문제는 그것이 스스로의 삶이라는 실감이 희박하다는 것이다.

인간은 어린 시절의 기억을 떠올리면서도 그 시절의 자신이 사고하고 행동하는 방식을 낯설게 느끼고는 한다. 그런데 새로운 몸으로 전생하여, 완전히 다른 인격으로 살아가다가 각성하기를 몇 번이나 반복했으니 인격이 일관되게 유지된다면 그 편이 더 이상하리라.

전생할 때마다 케이알리아의 인격은 조금씩 변했다. 그리고 한 번 인간으로 전생하는 과정까지 거치고 나니 스스로도 자신이 더 이상 전생하기 전과 동일인물이라고 여기지 못할 정도였다.

그리고 지금은…….

〈연기하는 게 아닌가?〉

—뭐가요?

레이거스의 질문에 케이알리아가 고개를 갸웃거렸다.

그녀는 귀족 소녀처럼 우아하게 차를 마시고 있었다.

불가능한 일이다. 실체 없는 그녀가 테이블 앞에 앉아서 차를 마시다니?

하지만 그녀는 실제로 그렇게 한다. 차향을 음미해 가며 차를 마시는데, 그 모든 것이 그녀처럼 반투명한 허상이었다.

〈마치 진짜로 차를 즐기는 것처럼 보이는군.〉

레이거스는 그 점이 의문이었다.

마법의 힘으로 허상을 만들 수는 있다. 자신이 그걸 드는 척하고, 마시는 척하고, 즐기는 척할 수도 있을 것이다.

그런데 케이알리아의 행동은, 아무리 봐도 연기로는 보이지 않는다.

허상인 그녀가 의자에 앉아서 차를 즐기는 모습은 실체감이 있다. 질감과 무게가 있는 물체를 들고, 향을 즐기고, 따뜻한 액체를 목구멍으로 넘기는 느낌이 너무나도 적나라하다.

—진짜로 즐기는 건데요?

〈어떻게 그런 일이 가능하지?〉

레이거스는 이해할 수가 없었다. 그러자 케이알리아가 대답 대신 딴소리를 했다.

—오빠, 나는요. 이런 몸이 되어서 아쉬운 게 있어요.

〈뭐지?〉

—아무것도 만질 수 없다는 거요.

케이알리아는 그렇게 말하며 레이거스에게 손을 뻗었다. 그녀의 손이 레이거스의 몸을 그대로 통과해 버린다.

기이한 일이다. 보통 유령에게는 실체가 없다. 하지만 그것도 물리적인 기준에서의 이야기다.

영적인 기준으로 보면 그들도 실체가 있다. 그러니 그들이 인간을 통과한다면, 인간은 영적으로 저항감이나 고통을 느끼게 된다.

불사체인 레이거스는 영적인 존재감이 아주 강하다. 망령이나 악령이 그에게 돌진한다면 마치 인간이 철벽에 들이받은 것처럼 튕겨나갈 것이다.

그런데 케이알리아는 그냥 통과해 버린다.

〈너는 유령이 아닌 건가? 어떻게 내 몸을 그냥 통과하지?〉

—나는 환영이에요.

케이알리아가 쓸쓸하게 웃었다.

—나는 죽기 전까지 위대한 어둠의 일부가 아니었어요. 내 전생은 위대한 어둠과 연관되지 않은 독자적인 비술로 이루어진 것이었으니까.

케이알리아는 죽을 당시 전생의 비술을 준비해 두지 않았다.

이유는 전생 전의 삶을 더 이상 자신의 것으로 여길 수 없었기 때문이다.

전생의 비술은 불완전함이 드러났고, 자신이 자신인 채로 삶의 연속성을 확보할 수 없다면 전생에 집착할 이유가 없다. 그것이 케이알리아의 생각이었다.

그런 그녀가 죽어갈 때, 위대한 어둠에 남겨둔 아테인의 유언이 들려왔다.

—내가 왕의 제안에 동의함으로써 새로운 맹약이 이루어졌지요. 먼 훗날, 왕의 부활이 가까워졌을 때 위대한 어둠의

일부로 깨어나리라고.

〈흠. 그게 내 질문과 무슨 상관이 있는지 아직 잘 모르겠는데.〉

—이제부터가 본론이에요. 전에 말했다시피 나는 오빠처럼 불사체가 되기는 싫다고 떼를 썼어요.

〈소녀의 마음을 존중하라고 했지.〉

—그래요. 그래서 왕은 위대한 어둠의 일부가 된 나를 현실에 환영으로 투영하는 방법을 선택했어요.

〈그러니까 너는 진짜 환영이라는 소린가?〉

—맞아요. 내 실체는 오빠와 마찬가지로 위대한 어둠에 있고 지금의 나는 그것을 투영한 허상일 뿐이지요. 하지만 여기에 의미가 없는 것은 아니에요. 이건 좌표 역할을 해요.

〈좌표?〉

—내가 세계를 관측하고, 거기에 힘을 행사하기 위한 좌표. 기준이 되는 무언가가 없으면 세계에 관여하는 것 자체가 불가능하니까요.

〈이해하기 어려운 이야기인데.〉

레이거스가 머리를 벅벅 긁자 케이알리아가 깔깔 웃었다.

—이해할 필요는 없어요. 나는 허상이에요. 하지만 오빠와 대화를 나눌 수 있죠.

〈마법도 쓸 수 있고?〉

—그래요.

〈근데 어떻게 차를 마실 수 있는지는 대답이 안 된 것 같은데?〉

—간단해요. 위대한 어둠 속에는 수많은 사고의 파편들이 있어요. 누군가가 경험하고 생각했던 것들이. 그리고 나는 거기에 있죠.

케이알리아는 더 이상 이 세계에 속해 있지 않은 허상이다. 따라서 아무것도 만질 수 없다.

케이알리아가 속한 세계는 위대한 어둠이다. 그 안에 있는 것들은 그녀에게는 실체와 다름없었다.

케이알리아와 레이거스는 둘 다 위대한 어둠에 속한 존재다. 하지만 케이알리아는 그 안에 있기를 택했고, 레이거스는 불사체의 몸을 갖고 물질로 이루어진 세계로 나오기를 택했다.

—그래서 난 오빠보다 더 문제를 민감하게 느껴요.

〈내가 말한 문제 말인가?〉

—네.

레이거스는 말했다. 자신의 몸이 완전히 파괴당한다면 이제는 두 번 다시 부활할 수 없을 것이라고.

케이알리아는 레이거스보다 더욱 위대한 어둠과 밀접했다. 그렇기에 그 문제를 좀 더 확실하게 느낄 수 있었다.

—기둥이 파괴되고 있어요.

〈무슨 기둥?〉

—위대한 어둠을 이루는 기둥. 파괴된 것은 하나가 아니에요. 나 말고는 아무도 느끼지 못한 것 같지만 또 하나가 파괴되었고… 그로써 위대한 어둠에 커다란 균열이 발생했어요.

2

용마왕 숭배자들의 활동은 극도로 위축되었다.

대륙 곳곳에서 혼란을 일으키던 그들의 공작은 어쩔 수 없이 중단되었다. 어둠의 설원이 말단 공작원들까지 모조리 공·허의 길 거점 방어에 투입했기 때문이다.

그렇다고 그들이 일으킨 혼란이 사라진 것은 아니다.

물론 진정 국면으로 들어가는 문제들도 있었다. 하지만 어떤 문제들은 한번 불거진 시점에서 용마왕 숭배자들이 더 손댈 것도 없이 격렬한 파국으로 흘렀던 것이다.

다이란 왕국의 문제가 그랬다.

후계 문제를 명확히 하지 못한 국왕이 독살당했고, 결국 내전이 벌어졌다.

이 내전은 다이란 왕국 소속 수호그림자의 일원들이 어쩔 수 없을 정도로 격화되고 있었다. 아니, 그들도 각각 다른 편에 서서 적대하고 있는 상황이었다.

수호그림자의 일원으로서는 용마왕 숭배자와 싸워서 인류

를 지켜야 한다.

그러나 다이란 왕국의 귀족으로서는 새로운 왕을 정하고 내전을 종식, 안정을 가져와야 한다.

"…남의 나라 집안 사정에 끼어들 수도 없는 노릇이고."

카이렌이 검에 묻은 피를 털며 투덜거렸다.

그의 주변에는 용마왕 숭배자의 시신들과 무참하게 파괴된 불사체들이 널려 있었다. 어둠의 설원이 이곳을 지키기 위해 주둔시켜 둔 병력이었다.

다이란 왕국에서는 수호그림자 조직원이 움직일 것을 기대할 수 없는 상황이었다. 결국 아젤 일행이 직접 공허의 길 거점을 공격했다.

레티시아가 말했다.

"그래도 그들 입장에서는 최선을 다해줬으니 불만을 품는 건 너무한 것 같은데."

"내가 불만을 품은 것은 그들이 아니라 이 상황 자체다."

다이란 왕국의 수호그림자 조직원들은 자신들이 전투에 참가할 수는 없지만 지원은 톡톡히 해주었다.

그들은 일행이 쉴 곳을 마련해 주었고, 각종 물자와 치유술사를 보내주었다. 그것은 끊임없이 이동하면서 싸움을 계속하는 일행 입장에서는 귀중한 도움이었다.

지금의 일행은 하나하나가 용마전쟁 때도 능히 명성을 떨칠 수 있었을 정도로 강하다. 그러나 살아 있는 몸으로 싸움

을 거듭하는 이상 피로와 부상에서 자유로울 수 없었다.

일행은 다이란 왕국에 진입한 후로 보름간 아홉 개의 공허의 길 거점을 파괴했다.

수월한 싸움이 있는가 하면 위험한 격전도 있었다. 레티시아와 아리에타, 유렌이 각각 다른 전투에서 부상을 입고 한 번씩 전투에서 빠지기도 했다.

'우리의 피로도를 생각하면 한동안은 전투를 피하고 휴식에 중점을 둬야 한다.'

카이렌은 그렇게 판단했다.

일행이 안고 있는 가장 큰 문제는 비탄의 잔이다.

비탄의 잔 때문에 한곳에서 느긋하게 휴식을 취할 수가 없다. 한곳에 머무른다면 레이거스와 알마릭이 정예를 이끌고 달려올 테니까.

카이렌이 근처에 있던 수호그림자를 보며 물었다.

"아젤이 연락 가능한 상태인지 확인해라."

잠시 후 대답이 돌아왔다.

「아직, 전투 중.」

"우리가 더 빨리 끝난 건가? 예상보다 위험한 곳이었나 보군. 그럼 일단은 철수해서 아젤의 연락을 기다리도록 하지."

아젤과 라우라는 다른 일행과 별도의 행동을 취하고 있었다.

그들이 따로 움직이는 것은 공허의 길 거점 파괴를 위해서

가 아니다. 좀 더 중요한 목적을 위해서였다.

아젤에게서 연락이 온 것은 그로부터 세 시간 후였다. 수호 그림자가 아젤의 목소리로 말했다.

「성공했습니다.」

"꽤나 고전한 모양이군. 이렇게나 시간이 오래 걸리다니."

「여기는 아테인이 괴물들을 파수꾼으로 박아뒀더군요. 꽤나 짜증나는 것들이었습니다.」

아젤과 라우라의 목적은 위대한 어둠의 기둥을 파괴하는 것이었다. 아테인도 죽이지 못했던 초월자들이 봉인된 장소.

칼로스는 위대한 어둠에 속한 뒤로 기둥들의 위치를 파악해 두었다. 하나같이 인간의 발길이 닿지 않는 장소들이었다.

그들이 벨런처럼 봉인에서 풀려난다면 모를까, 봉인되어 있는 이상 쉽게 없앨 수 있을 것이다. 그렇게 판단한 아젤은 일행과 따로 떨어져서 행동에 나섰다. 라우라를 데려간 것은 마법사가 필요한 상황이 있을 것이라 예상했기 때문이다.

그런데 실제로 가보니 아테인이 봉인을 무방비하게 놔두지 않았다.

"무사히 처리했다니 다행이지만 다음부터는 다 같이 움직이는 편이 나을 것 같다."

「동감입니다. 제가 너무 얕봤군요.」

아젤은 순순히 실수를 인정했다. 그리고 물었다.

「그쪽은 어떻습니까?」

"이번에는 깔끔하게 끝났다. 우리 중에는 부상자도 없고, 수호그림자의 피해도 적었다."

「다행이군요.」

"문제는……."

카이렌은 자신이 생각한 문제를 아젤에게 이야기했다.

"어떻게 생각하나?"

「공작님의 판단이 옳다고 봅니다. 우리에게는 휴식이 필요하지요. 공주님께 용혼을 전수할 여유도 필요하고.」

아리에타가 합류한 지도 벌써 20여 일이 지났다.

그동안 카이렌은 그녀에게 용혼을 전수하고 있었다. 하지만 정신없이 이동하고, 전투를 벌이고 있는 와중이라 진도를 나가기가 어려웠다.

용혼의 창시자인 레슈에게 카이렌과 레티시아가 전수받을 때도 한 달 넘는 시간이 필요했다. 그것도 적의 공격을 걱정할 필요 없이 수련에만 전념할 수 있는 환경이었고, 사이베인의 능력 덕분에 위험을 감수해 가면서 진도를 빠르게 뽑은 결과였다.

그에 비해 아리에타가 용혼을 배우는 환경은 너무 열악하다.

"당분간은 전투를 피하고, 이동속도를 줄여가면서 휴식을 취하는 편이……."

「좋은 생각이 났습니다.」

아젤이 카이렌의 말을 잘랐다. 카이렌이 의아해하며 물었다.

"어떤 생각 말인가?"

「한동안 라우라와 제가 따로 행동하겠습니다. 그럼 다들 쉴 수 있겠지요.」

"음. 하지만 자네는?"

「저한테는 폭풍용의 날개와 울부짖는 불새가 있으니까요. 비탄의 잔을 멀찍이 초래해 두고 있다가 놈들과 부딪칠 일이 있으면 곧바로 피하면 됩니다. 라우라 한 명 정도라면 제가 동반으로 이동할 수 있으니까요.」

"알겠다. 그렇게 하지."

카이렌은 아젤의 제안을 따르기로 했다.

3

라우라는 지친 기색으로 모닥불 앞에 주저앉아 있었다. 파리한 안색으로 눈을 감고 있던 그녀가 수호그림자를 통해서 카이렌과 통신을 마친 아젤에게 힘없는 목소리로 말했다.

"미안해."

"그 말은 내가 해야 할 것 같은데."

"……."

"상황을 잘못 판단한 것은 나야. 네가 사과할 이유는 없지.

미안해."

아젤이 사과했다.

아테인이 초월자의 봉인을 보호하고자 남겨둔 괴물들은 무시무시했다. 아젤과 라우라는 격전 끝에 그들을 물리쳤지만, 라우라는 마력을 너무 많이 써서 탈진해 버리고 말았다.

아젤 역시 지쳤고, 부상도 입었다. 그 부상은 탈진한 라우라를 보호하는 과정에서 입은 것이었다.

아젤은 통신으로는 전혀 그런 내색을 하지 않았다. 동료들이 마음 놓고 휴식을 취할 수 있도록 배려하기 위해서였다.

라우라가 말했다.

"내가 비탄의 잔을 갖고 있지 않았다면……."

"그랬다면 우리는 비탄의 잔을 사용하는 적과 싸워야 했겠지. 쓸데없는 자책은 하지 마."

아젤은 망토를 끌러서 라우라의 어깨에 둘러주었다.

"이러면 좀 나을 거야. 경계는 수호그림자들에게 맡기고 여기서 한 시간 정도 휴식을 취하자. 잠시라도 자둬. 명상보다는 그쪽이 더 급한 것 같으니."

"당신은? 나보다는 당신이……."

"괜찮아. 지금은 내가 너보다 훨씬 튼튼하니까."

사실 아젤의 상처도 가볍지 않았다. 왼쪽 옆구리가 크게 찢겨졌고 뼈에도 금이 갔다. 스피릿 오더로 출혈을 막아두고 응

급처치를 하기는 했지만 제대로 치료할 필요가 있었다.

그래도 아젤은 라우라를 우선적으로 쉬게 했다.

"일단은 자둬. 움직일 수 있는 상태까지는 회복하지 않으면 곤란하니까."

"…응."

정신과 영맥을 혹사해 가면서 마력을 썼기 때문에 오한과 졸음이 몰려온다. 라우라는 떠오르는 말들을 삼키고 잠시 잠들었다.

다시 눈을 떴을 때는 아젤이 모닥불을 태웠던 자리를 정리하고 있었다.

"깼어?"

"응. 모닥불을 끄면 이동할 때라고 생각했어."

그런 조건을 설정한 마법을 쓴 모양이다.

잠시 숙면을 취하는 것만으로도 상태가 많이 회복된 라우라가 물었다.

"어떻게 할 거야?"

"네가 잠들어 있는 동안 공작님과 한 번 더 통신했어."

일행은 벌써 40일이 넘는 기간 동안 대륙 곳곳을 내달리며 공허의 길 거점을 파괴했다. 무시무시한 페이스로 전투를 치르고, 하루에 수백 킬로미터를 이동하는데도 진득하니 휴식을 취한 적은 거의 없다. 그러다 보니 아젤조차도 컨디션이 저하되고 있었다.

지금까지 전 대륙의 수호그림자 조직원들과 연계해서 파괴한 공허의 길 거점은 31개.

아직도 적에게는 191개의 거점이 남아 있다. 여전히 전 대륙을 누비기에 충분한 숫자였다.

“놈들의 기동력을 상당히 깎아내기는 했지만… 쉬지 않고 몰아치는 것은 슬슬 한계야. 한동안 정비에 매진하기로 했어.”

“한동안이라면 얼마나?”

“별일 없다면 보름 정도.”

그동안은 전투는 각국의 수호그림자 조직원들에게 맡기고 정보 지원에 전념한다.

라우라의 표정이 어두워졌다.

“그러면 다른 사람은 쉴 수 있겠지만, 당신은…….”

“우리도 괜찮아.”

아젤은 굳이 ‘우리’ 라고 말했다.

“그동안 열심히 없앤 덕분에 꽤 큼직한 공허의 길 거점의 공백지대들이 생겨났으니까. 우리는 그런 곳을 택해서 휴식을 취하기로 하지.”

“아발탄 숲은 안 될까?”

“그건 최후의 수단으로 미뤄두지. 우리는 한 번 그곳을 도피처로 활용했어. 또다시 같은 일을 반복한다면 그때는 어둠의 설원 놈들이 아발탄의 숲과 전쟁을 벌이는 것을 선택할 가

능성도 배제할 수 없지."

그렇게 되면 아발탄이 일행을 보호해 준다는 보장은 없다. 그는 아발탄의 숲의 우두머리로서 정치적인 판단을 내려야 하고, 냉정하게 판단할 때 아젤 일행을 쫓아내는 선택을 할 가능성이 높았다.

—용마기 초래! 울부짖는 불새!

아젤의 앞에 타오르는 불길로 이루어진 커다란 새가 나타났다. 덩치가 집채만 해서 위에 사람 몇 명 정도는 태우고 날 수도 있을 것 같았다.

그리고 실제로도 그랬다.

"가지."

이글이글 타오르는 불새 위에 올라탄다니, 제정신으로 할 만한 짓은 아닌 것 같지만 아젤도 라우라도 망설임이 없었다. 두 사람이 올라서자 불새가 크게 날갯짓을 하며 하늘로 날아올랐다.

순식간에 멀어져 가는 지상을 보며 라우라가 물었다.

"용마전쟁 때도 이랬어?"

"어떤 의미에서 묻는 거지?"

"세상 전부가 우리 편인데, 안식처로 삼을 만한 곳은 없어."

"아니. 그때는 침략자의 군세와 그에 저항하는 연합군의 전쟁이었으니까 지금과는 상황이 달랐지."

아젤의 시선이 어둑어둑해져 가는 하늘 저편으로 향했다.

라우라의 말대로, 용마왕 숭배자들은 세상의 공적이다. 그러니 세상 모두가 아젤 일행의 편이다.

그런데도 그들이 안심하고 머무를 수 있는 장소는 없었다. 적들에게 수세를 강요하면서도 끊임없이, 그것도 적들이 추격해 올 수 없는 속도로 도주를 계속해야 했다.

"알마릭과 레이거스만 없었다면 어디든 틀어박힐 수 있었겠지만……."

그 둘이 문제다. 아젤 일행을 제외하고는 둘에게 맞설 수 있는 전력이 없는 상황이었고, 그중에서도 아젤만이 그들과 대등하게 싸우는 것이 가능하다.

그리고 그 둘이 깨어난 시점에서, 어둠의 설원에 라우라도 모르는 비장의 전력이 있을 가능성을 우려하지 않을 수 없었다.

"그래도 이 싸움에는 끝이 있어. 공허의 길 거점이 줄면 줄수록 압박이 줄어드니까."

"우리 위치가 훤히 드러나 있다는 점은 바뀌지 않아."

"대처법이 하나둘씩 생기고 있잖아? 아까도 말했지만 쓸데없이 자책하지 마. 어느 날 갑자기 수천, 수만 명이 사는 도시가 하늘의 눈물을 담는 잔으로 인해서 잿더미로 변해 버리는 것보다는 나아."

"……."

그 말대로였다. 일반적인 용마기라면 모를까, 비탄의 잔은 적에게 쥐어주기에는 위험성이 너무 큰 물건이었다.

하지만 그로 인해 발생하는 문제가 큰 것도 사실이었다. 그래서 차라리 파괴하는 것도 고민해 보았지만…….

'극멸로 소멸시킨다고 해도 복원되지 않는다는 보장이 없으니.'

용마장군들의 용마기는 위대한 어둠에 속해 있다. 보유자가 죽거나, 혹은 소유권을 포기하면 정해진 장소로 돌아간다.

문제는 칼로스조차도 이 구조를 명확히 해명하지 못했다는 것이다.

현재 보유하고 있는 용마기를 파괴하면 끝일까? 아니면 본질이 위대한 어둠에 있어서 시간이 지나고 나면 복원되는가?

전자라면 몰라도 후자라면 최악이다.

게다가 아젤의 경우는 부정적인 가능성을 떠올릴 만한 경험도 있었다. 바로 하늘을 가르는 검의 복원이다.

발란 숲에서 지룡과 용살의 의식을 치렀을 때, 아젤은 하늘을 가르는 검이 소멸했다고 판단했었다. 하지만 실제로는 영맥에 남은 파편들을 그러모아서 복원하는 데 성공하지 않았던가?

결국 현재의 상태를 유지하는 것 외에 선택지는 없었다.

아젤이 말했다.

"적과 아군의 관계가 단순했다는 점에서는 용마전쟁 때가

지금보다 편했지."

용마왕군이 정복자의 군대로서 세상을 공격했기 때문에 거기에 대한 반발로 전 인류가 하나로 뭉쳤다.

물론 그 안에도 수많은 문제가 있었다. 정치적인 문제, 이익을 다투는 문제, 기타 등등.

하지만 지금처럼 복잡하지는 않았다.

'이렇게 된 이상 차라리 적의 존재를 표면화하고, 수호그림자만의 싸움이 아니라 모두의 싸움으로 만든다면 어떨까?'

일행도 그런 생각을 안 해본 것이 아니다. 하지만 모두가 머리를 맞댄 결과, 득보다 실이 크리라 판단했다.

용마전쟁 때와 달리 지금 대륙은 일곱 왕국으로 갈라져 있다.

수호그림자는 국가를 초월하여 용마왕 숭배자들과 싸우는 것을 사명으로 삼는 조직이다. 이들의 존재가 수면 밖으로 드러난다면, 그것만으로도 수많은 정치적인 문제가 발생할 것이다.

아젤 일행이 다이란 왕국의 내전에 끼어들지 않은 것도 그런 이유다. 타국의 귀족인 카이렌이 협력한 것이 드러난다면 그 파장은 무시무시할 테니까.

그저 용마왕 숭배자들과 싸우자는 이유로 모두가 단합할 수 있다면, 그렇게 순진한 세상이었다면 얼마나 좋았을까.

그럴 수 없기에 이런 싸움을 할 수밖에 없다.

그에 비해 용마왕 숭배자들이 사태를 표면화시키지 않는 것은, 역시 용마전쟁 때의 공포 때문이다.

그들은 자신들의 존재가 표면화되고 세상의 공적이 되는 것을 두려워한다. 그들에게는 세상 전부와 맞서 싸울 힘은 없으니까.

"세상을 움직이는 것은 천천히 할 수밖에 없어."

지금은 용마왕 숭배자들이 일으킨 혼란을 수습하는 것만으로도 벅차다.

그렇다고 해서 손을 놓고 있는 것은 아니었다. 루레인 왕국의 용마왕비 같은 요인들은, 수호그림자라는 조직은 감춰둔 채로 적의 존재를 공론화시키는 작업을 진행 중이다.

"가능하면 놈들의 존재가 표면으로 드러나기 전에 모든 것을 끝내고 싶어. 용마전쟁의 재현은 원치 않아."

아젤은 지금의 평화로운 시대가 좋았다.

물론 세상 전부가 평화로운 것은 아니다. 그리고 자신이 그 평화를 누릴 수 있는 것도 아니다.

하지만 아젤은 또다시 세상 전부가 전란에 휩쓸려서 미쳐 돌아가는 것을 보고 싶지 않았다. 자신처럼 전쟁이 없는 세상을 상상하기 어려워했던 아이들이 생겨나길 바라지 않았다.

"에노라 양 같은 소녀들은, 모든 게 끝날 때까지 전쟁을 모르는 채로 평화로운 삶을 살았으면 해."

그러자 라우라가 한마디 했다.

"…늙은이 같아."

"얼마 전의 복수야? 근데 부정할 수는 없군."

아젤은 실소했다.

4

대륙 지도상에서 공허의 길 거점이 사라질수록 용마왕 숭배자들의 운신의 폭도 줄어들었다.

어떤 장소로 이동할 때, 그 바로 앞까지 도착하는 것과 한 시간을 더 이동해야 하는 곳으로 가는 것의 차이는 크다. 공허의 길이 끊임없이 가동할 수 있다면 모르되 한 번에 이동할 수 있는 인원이 한정적이고, 한 번 쓰고 나면 재가동하기까지 시간이 걸리기에 병력 이동의 효율성이 눈에 띄게 저하되고 있었다.

문제가 발생했을 때 병력을 빠르게 집중하기가 점점 어려워진다. 그래서 모든 거점에 방어 병력을 포진시키다 보니 그만큼 부담이 커진다.

그리고…….

"놈들은 우리 움직임을 훤히 들여다보고 있어."

가장 큰 문제는 정보력에서 뒤처지고 있다는 점이다. 키르엔이 심각한 얼굴로 그 점을 지적했다.

초기에 수호그림자 조직원들은 무작정 공격해 들어왔다가

오히려 격파당하는 일이 여러 번 있었다. 하지만 어느 시점부터는 전술이 달라졌다.

일단 거점을 공격해서 추가적인 병력 투입을 이끌어낸다. 어둠의 설원에서 감당 못할 적을 투입했다 싶으면 깨끗하게 싸움을 포기하고 후퇴해 버린다.

니베리스가 물었다.

"또 다른 곳이 공격받았겠지?"

키르엔과 니베리스 두 사람은 상시 방어로 투입되는 게 아니라 문제가 생길 시에 지원 병력으로 투입되는 역할이었다.

초기에 두 사람은 투입될 때마다 적들을 격파하면서 혁혁한 공을 세웠다.

하지만 어느 시점부터 적들은 두 사람이 투입되면 곧바로 물러나 버려서 허탕을 치게 되었다.

그리고 이미 공허의 길을 써서 오는 바람에 두 사람이 그곳에 발이 묶인 사이, 시간차로 다른 거점이 공격받는다.

적들은 이미 위험인물 리스트를 만들어서 공유하고 있는 게 틀림없었다. 그리고 위대한 어둠처럼 실시간으로 상황을 전달해서 유기적으로 연계하고 있다.

키르엔이 눈살을 찌푸렸다.

"바로 그래. 기다렸다는 듯이 공격했군. 일단 근방의 병력이 투입된 모양이지만……."

"가장 가까운 거점은?"

"32킬로미터 떨어진 곳이야. 도저히 시간에 맞출 수 없어."

공허의 길을 한 번 쓰고 나면 재가동까지 10분 정도의 시간이 필요하다.

이쪽에서 10분을 기다려서 회복된다고 하더라도 지금 공격받는 거점에 직접 갈 수는 없다. 상황이 불리하다 싶으면 어둠의 설원 측에서 다른 이들을 지원 보내기 때문이다.

니베리스가 말했다.

"철저하게 공허의 길 거점의 밀도를 줄이는 데 주력하는군."

수호그림자는 무작정 공허의 길 거점을 줄이기만 하는 게 아니다. 명확한 규칙성을 갖고 공격해 오고 있다.

그 규칙성은 바로 거점과 거점 사이의 거리를 최대한 늘리는 것이다.

거점 배치의 밀도를 줄임으로써 용마왕 숭배자들의 기동력을 착실하게 깎아낸다. 그것이 카이렌의 의도였다.

"저쪽이 버텨주기를 바라야지. 이쪽이 좀 더 빨리 회복될 테니, 저쪽이 회복되는 대로 곧바로 이동하면……."

"발타자크 공!"

갑자기 니베리스가 다급하게 외쳤다. 동시에 방어 마법이 전개되었다.

꽈과광!

믿을 수 없을 정도로 먼 거리에서 섬광이 날아들어 폭발했다.

키르엔이 경악으로 눈을 크게 떴다.

"도대체 어디서부터……."

그는 만약을 대비해서 중계식 마법의 눈을 전개해 두고 있었다. 반경 3킬로미터를 감시하에 두고 있었는데 그 밖에서부터 저격이 날아들다니?

심지어 이곳은 산악 지형 한가운데다. 3킬로미터보다 먼 곳은 시야 확보 자체가 되지 않을 텐데 도대체 무슨 수를 썼단 말인가?

—용마기 초래! 피 흘리는 별!

그런 의문을 품으면서도 곧바로 용마기를 초래한다. 몇 번이나 궁지를 맛본 두 사람은 방심하는 마음을 버린 지 오래였다.

하지만 아무리 방심하지 않는다고 해도 머릿속으로 고려하지 못한 일이 벌어지면 허를 찔릴 수밖에 없다.

팟!

키르엔의 눈이 크게 떠졌다.

뭔가가 그가 겹겹이 둘러친 방어 마법을 관통했다. 그리고 그것으로도 모자라서 그의 어깨까지 꿰뚫고 지나갔다.

'이, 이건……!'

키르엔은 이 공격의 정체를 깨달았다.

'용마기 명왕의 사수!'

용마전쟁 당시 용마장군 발타자크에게 중상을 입혔던 용마기였다. 발타자크의 후예인 키르엔으로서는 모를 수가 없는 용마기다.

"아젤 카르자크!"

처음에 섬광으로 저격을 가한 것은 미끼였다. 괜히 경각심만 불러일으키는 짓 같았지만, 사실은 그 직후에 명왕의 사수를 써서 허를 찌를 의도였던 것이다.

키르엔은 격통을 참으며 몸을 날렸다. 상처에서 뿜어져 나온 핏방울이 붉은 불씨가 되어 그를 감싸 안았다.

팟! 파밧! 파바밧!

그를 노리고 날아드는 명왕의 사수의 저격이 거기에 막혔다. 발타자크는 사경을 헤맨 후로 거기에 대응하는 방어 마법을 개발해 두었던 것이다.

마력 소모가 극심하고, 다른 위험에 대한 방어가 약해진다는 단점이 있지만 명왕의 사수에 죽는 것보다는 낫다. 하지만 그 방어법을 쓸 수 있는 것은 그 혼자뿐이었다.

"크악!"

키르엔이 펼친 방어 마법의 범위 밖에 있는 부하들이 죽어나갔다. 키르엔이 이를 갈았다.

"젠장! 일단 모두 안으로 후퇴한다!"

비상식적인 저격이 이루어지는 상황에서 훤히 트여 있는

곳에 있는 것은 위험하다. 키르엔은 그렇게 생각하며 동굴 안으로 후퇴했다.

니베리스도 그 뒤를 따랐다. 그녀는 의아함을 느끼고 있었다.

'나를 노린 저격이 한 발도 없다? 어째서지?'

명왕의 사수는 단 한 발도 그녀를 노리지 않았다. 키르엔에게 공격의 반절을 집중하고, 나머지는 부하들만 노린다.

곧 니베리스는 아젤의 위치를 포착하는 데 성공했다.

'저기군!'

의외로 아젤은 별로 공들여서 모습을 감추고 있지 않았다. 그저 투명술로 시각으로 관측하는 것만 막았을 뿐이다.

'지금은 불리하다. 일단은 안으로 물러나서…….'

그렇게 생각했을 때였다. 갑자기 주변 공간이 일그러졌다.

"니베리스!"

키르엔이 깜짝 놀라서 손을 뻗었다. 하지만 한발 늦었다.

니베리스의 모습이 아지랑이 저편처럼 일그러지면서 사라진다.

꽈과광!

직후 광포한 섬광이 작렬하면서 동굴 입구가 무너져 내렸다.

5

니베리스는 자신이 공간왜곡을 통해서 한순간에 장거리를 이동했음을 깨달았다.

이런 짓을 할 수 있는 존재는 니베리스가 아는 한 하나뿐이다.

"라우라!"

비탄의 잔으로 공간왜곡을 일으켜서 A지점과 B지점을 연결, 원거리에 있는 존재를 자신의 앞으로 끌어오는 것은 예전부터 라우라가 장기로 삼던 재주였다. 기분 나쁜 일이기는 하지만, 그 재주 덕분에 니베리스가 아젤에게 살해당할 뻔한 위기에서 목숨을 건진 적도 있었다.

그러나 그것도 과거의 이야기다. 라우라는 이제 명백한 적이니까.

'거리는 1킬로미터 이내.'

니베리스는 빠르게 상황을 파악했다.

다행스럽게도 비탄의 미궁은 펼쳐져 있지 않았다. 그래서 자신이 1킬로미터 정도 떨어진 곳으로 끌려왔고, 키르엔과 다른 아군들이 들어간 동굴 입구가 붕괴하면서 격리되었다는 사실도 알 수 있었다.

키르엔의 능력이라면 저 속에서 빠져나오는 데 오랜 시간이 걸리지는 않으리라. 그러나 니베리스는 자신이 아젤 일행을 상대로 그 시간을 버텨낼 수 있다는 확신을 갖지 못했다.

'어둠의 여왕을 쓸 여유라도 있었더라면…….'

재빨리 용마기 암혼의 서를 초래해 두기는 했다. 하지만 그녀의 능력을 폭발적으로 증가시켜 주는 대마법 어둠의 여왕을 쓸 여유는 없었다.

퍼버버벙!

아쉬워하고 있을 틈은 없었다. 눈앞의 라우라에게 뭐라고 한마디 해주기도 전에 사방팔방에서 섬광이 내달렸다.

'하늘을 가르는 검!'

아젤이 공격을 가해온 것이다.

불꽃같기도 하고 뇌전 같기도 한 섬광이 그녀의 방어 마법 위를 두들겨 댔다. 마치 수십 명의 마법사가 일제히 공격을 가해오는 것 같은 충격에 니베리스는 방어에만 온 힘을 다할 수밖에 없었다.

'버티지 못하면… 여기가 내 무덤이 될 것이다.'

방어를 굳힌 그녀가 허공을 공처럼 튀어 다녔다. 주변을 살필 여유가 없다. 집중력을 흐트러뜨리지 않는 것만으로도 필사적이다.

곧 그녀는 자신이 하늘 높이 올라왔다는 사실을 깨달았다.

정신없이 방어 위를 두들기던 압박이 순식간에 사라지고 있었다. 아젤이 공격을 중단한 것이다.

잠시 후 앞쪽에서 아젤의 목소리가 들려왔다.

"니베리스, 대화를 나누지 않겠나?"

“…무슨 꿍꿍이속이냐?”

니베리스는 이해할 수 없는 상황에 눈살을 찌푸렸다.

발밑의 지상이 까마득하게 멀어 보인다. 고위 마법사인 그녀조차 한 번도 올라와본 적이 없는 고도였다.

‘일부러 나를 여기까지 끌고 올라왔단 말인가?’

간담이 서늘해졌다.

즉 아젤이 하늘을 가르는 검으로 그녀의 방어 위를 난타한 것은 전혀 살의가 없는 행동이었단 의미가 아닌가? 니베리스가 반격할 여유는 주지 않으면서도 상처를 입히지 않고 아군과 완벽하게 격리시키기 위한 과정이었을 뿐이다.

아젤이 어깨를 으쓱했다.

“나도 너랑 대화 나누겠다고 이런 귀찮은 짓까지 하는 게 내키지는 않아. 하지만 약속을 해버렸으니 어쩔 수 없지.”

“약속이라니, 누구랑 약속을 했다는 것인가?”

“허당왕자… 그러니까 네 아버지 사이베인과.”

“……”

니베리스의 눈이 크게 떠졌다.

하지만 놀람은 잠시였다. 금세 그녀의 표정이 차분하게 가라앉는다.

아젤이 물었다.

“생각보다 놀라지 않는군?”

“아버님께서 살아계셨다면, 그대와 만났을 수도 있다고는

생각했었다."

예전에 니베리스는 사이베인의 종적을 쫓아서 아발탄 숲에 갔었다. 그리고 그곳에서 정체불명의 수룡에게 용마기 암흔의 서를 전달받는 믿을 수 없는 경험을 했다.

그때부터 니베리스는 사이베인이 살아 있을 거라고 확신하고 있었다. 어째서 자신을 만나주지 않는지는 모르겠지만 어쩔 수 없는 사정이 있었으리라 짐작하고 아쉬움을 삼켰다.

"하지만……."

니베리스의 눈에 결연한 각오가 떠올랐다.

"아버님의 존재를 팔아서 나를 현혹시킬 생각이라면, 헛된 꿈은 집어치우도록 해라."

이미 아젤과 그녀 사이에는 돌이킬 수 없는 원한의 강이 가로놓여져 있었다.

'결코 방심하지 않겠다 생각했건만…….'

스스로가 한심하게 여겨졌다. 예전에 아젤 일행을 몰아칠 때도 그렇고 지금도 그렇고 속수무책으로 당하기만 하고 있었다.

아젤이 쓴웃음을 지었다.

"예상한 반응이군. 그런데 내 입장에서는 약속을 했는데 네가 적의를 버리지 않는다고 옳다구나 하고 죽여 버릴 수는 없는 노릇이거든? 일단 듣기라도 해라. 그럼 살려서 보내주지."

"나를 얼마나 능멸해야 만족하겠느냐?"

"별로 열과 성을 다해서 능멸할 생각은 없어. 나로서도 기회가 왔을 때 죽이는 쪽이 훨씬 깔끔하고, 마음만 먹었다면 여기까지 오는 동안 백 번은 죽일 수 있었을 테니까."

"이노옴……!"

니베리스가 분노로 몸을 떨었다.

지독한 모멸감이 밀려온다. 그런 한편 고위 마법사로서의 냉정한 판단력이 고해온다.

인정하기 싫지만 아젤의 말대로라고.

'듀랑, 미안하다. 내가 부족해서 그대의 원한을 갚아주지 못할 것 같다.'

니베리스는 자신을 위해 산화한 듀랑에게 사과했다. 그의 존재가 가슴속에 살아 있는 한, 아무리 승산이 없더라도 싸움을 포기할 수 없었다. 부친에 대한 호기심 때문에 원한을 접어두는 것은 그녀의 긍지가 용서치 않는다.

'역시 이렇게 나오나?'

아젤은 니베리스의 결의를 읽었다. 그녀는 조금도 타협할 의사가 없었다.

싸워봤자 승산이 없으니까, 목숨을 위협받고 있으니까, 부친에 대해 알고 싶으니까…….

그런 이유로 아젤에 대한 적의를 접어두고 강요받은 대화에 응하는 굴욕을 선택하지 않는다. 칼날처럼 꼿꼿한 자존심

이었다.

"그런 점은 싫지 않군."

그녀에게 사이베인의 뜻을 전해야 하는 입장에서는 답답한 상황이었다.

그런 한편, 그녀의 의지에 공감하고 이해하는 마음이 있었다.

용마전쟁 때 아젤도, 동료들도 그러했다. 용마왕군이 절대적인 우위를 점한 채로 목숨을 위협하며 타협을 종용해도 결코 응하지 않았다.

"어쩔 수 없지. 힘으로 듣게 해주지."

"쉽게 뜻을 이룰 수 없을 것이다."

"네가 당장 자결하지 않는 한……."

암혼의 서를 펼치고 마법을 전개하던 니베리스의 가슴이 철렁했다. 아젤의 목소리가 갑자기 뒤쪽에서 이어졌기 때문이다.

"들을 수밖에 없을 거야."

섬광이 폭발했다. 방어막에 격심한 타격을 받은 니베리스의 몸이 위로 튕겨 올라갔다.

'인카네이션인가!'

아젤이 구사하는 이 절기의 무서움은 이미 지긋지긋할 정도로 경험했다.

하지만 경험했는데도 대책이 없다. 수십의 아젤이 니베리

스를 입체적으로 포위하고 폭풍처럼 공격을 퍼부었다.

꽈과과광! 꽈광!

여기까지 올라올 때와 똑같은 상황이었다. 니베리스 입장에서는 방어 말고는 아무것도 할 수 없는 맹공이다.

아니, 상황은 더 심각했다.

'이, 이건……!'

하늘을 가르는 검이 수백, 수천 줄기의 광선으로 화해서 니베리스의 방어를 전 방위로 난타한다.

그런 가운데 또 하나의 치명적인 공격이 가해지고 있었다. 아젤이 용마기 달의 검으로 그녀의 마력을 야금야금 흡수해 간다.

평소 같으면 곧바로 대응에 나섰으리라. 하지만 지금은 아젤의 맹공을 버텨내는 것만으로도 벅차다. 자신의 방벽이 야금야금 깎여 나가는데도 제대로 대응할 수가 없었다.

"왜 너를 귀찮게 여기까지 끌고 왔는지 알겠어?"

온통 귀청이 떨어질 것 같은 굉음으로 가득한데도, 아젤의 목소리가 바로 옆에서 속삭이는 것처럼 또렷하게 들려왔다.

'호락호락 당할 것 같으냐!'

니베리스는 비장의 패를 꺼내 들었다. 라우라 때문에 접어두고 있던 수지만 지금 이 하늘에 라우라는 없다.

암혼의 서가 무시무시한 용마력 파동을 발한다. 그리고 일

거에 수십 개의 마법이 주변으로 쏟아졌다.

콰아아아아아!

암혼의 서의 강점은 무엇보다도 압도적인 화력이다. 그 안에 각인된 마법 중 상당수는 아무런 주문도, 마법 구성 절차도 없이 쏟아낼 수 있었다.

즉 암혼의 서를 초래한 상황에서 니베리스는 수십 명의 지원 마법사를 거느리고 있는 것과 마찬가지다.

일순간 니베리스의 화력이 아젤의 그것을 능가했다. 하늘을 가르는 검의 섬광을 일거에 치워 버리고 공백을 만들었다.

"부름에 응하라! 어둠의 권속이여!"

암혼의 서로 틈을 만들고, 스스로 마법을 써서 끊임없는 마법의 연쇄를 이어간다. 그것으로 아젤과 싸우기 위한 패를 하나하나 쌓아나갈 의도였다.

파직!

직후 니베리스의 눈이 크게 떠졌다.

'아니?!'

그녀의 마법이 깨졌다. 외부에서 고도의 마법이 개입한 것이다.

'라우라?'

자연스럽게 라우라의 존재를 떠올렸지만, 아니었다. 라우라는 이 하늘까지 따라 올라오지 않았다.

하지만 동시에 라우라는 이곳에 있었다.

"열화판이기는 하지만 라우라가 넷이 있는 것과 마찬가지야. 이 정도면 마법 지원도 충분하지."

아젤의 분신들 사이에 빛으로 이루어진 실루엣 네 개가 있었다.

용마기 여명수호대다. 지상에 있는 라우라의 협력을 받아서 그녀의 분신을 구현한 것이다.

'전승은 들었지만 도대체 몇 개의 용마기를 한꺼번에 초래하는 거지?'

니베리스는 말이 안 나올 지경이었다.

하늘을 가르는 검만 해도 무시무시한 용마기인데, 아젤은 폭풍용의 날개로 고속 비행을 하고 달의 검으로 그녀의 마력을 깎아내면서 여명수호대로 라우라의 분신을 네 개나 구현했다.

"이야기를 하도록 하지."

아젤은 쉬지 않고 공격을 퍼붓는 동시에 차분하게 이야기를 시작했다.

"네가 짐작한 대로 허당왕자는 살아 있다. 아주 건강하지. 너를 만나지 못하고 용마기만 전해준 것은 아발탄 숲의 주민이 되는 조건으로 맹약을 했기 때문이라는군."

"으윽……!"

"네 아버지는 네가 어둠의 설원에서 이탈하도록 설득해 달라고 했다. 말도 안 되는 부탁이라고 생각하지만, 어쨌든 부

탁한 말은 다 전해야지."

"아젤 카르자크!"

니베리스는 격노했다. 모욕감으로 뇌가 타들어가는 것 같았다.

하지만 아젤은 그녀가 어떤 감정을 느끼든 개의치 않았다. 철저하게 그녀의 마법을 분쇄하고 수세로 몰아넣으면서 자기 할 말을 할 뿐이다.

"네 아버지가 어둠의 설원을 떠나게 된 것은……."

떨쳐 버릴 수도 없는 아젤의 목소리가 니베리스의 마음을 뒤흔들었다.

6

결국 아젤은 사이베인의 사정을 전부 전달하고 그곳을 이탈했다.

적들을 교란하기 위해서 비탄의 잔을 먼 곳의 결계 속에다 놓아두고 대기 중이던 라우라가 물었다.

"차라리……."

"음?"

"납치하는 편이 낫지 않았을까?"

"니베리스의 성격으로 보건대 그랬다가는 자결해도 이상하지 않지."

"하지만 완전히 제압하면, 사이베인 공에게 데려다줄 수도 있잖아?"

"…허당왕자한테 신세도 졌고 해서 약속을 이행하기는 했지만, 그렇게까지 하고 싶지는 않군. 그리고 그 정도로 쉬운 상대도 아니고."

아젤은 니베리스를 철저하게 농락하면서 의도를 관철했다.

하지만 그런다고 해서 니베리스가 만만하게 볼 수 있는 상대는 아니다. 하늘로 끌고 올라가는 과정에서는 얼마든지 죽일 수 있었지만, 일단 하늘에서 정신을 다잡은 그녀와 전투를 벌이기 시작한 후부터는 방어를 뚫기가 쉽지 않았다.

무엇보다 큰 문제는 시간제한이 있었다는 점이다.

"알마릭 공이 온 것 같아."

라우라가 중계식 마법의 눈으로 멀리 떨어진 공허의 길 거점을 살피며 말했다.

니베리스에게 이야기를 하는 동안 키르엔이 무너진 동굴 속에서 나왔다. 그리고 가동 상태가 회복된 공허의 길을 통해서 알마릭이 모습을 드러냈다.

하지만 이미 늦었다. 아젤과 라우라는 이미 전속력으로 그곳에서 이탈하는 중이었으니까.

아젤이 쓴웃음을 지으며 말했다.

"그놈만 쓰러뜨려도 이럴 필요도 없어지는데……."

용마장군의 용마기 위치를 파악하는 능력은 알마릭에게만 있고 아인세라에게는 없다. 즉 알마릭만 쓰러뜨리면 아젤 일행은 끊임없이 이동해야 하는 압박에서 자유로워질 수 있다.

하지만 아직은 때가 아니다.

공허의 길 거점을 충분히 없앤 후에, 그리고 최소한 레이거스나 알마릭과 일대일로 승부를 낼 판을 짠 후에 승부를 결해야 한다. 전성기 수준의 힘을 회복한 아젤에게도 둘은 결코 절대적인 승산을 자신할 수 있는 상대가 아니었으니까.

'기회는 반드시 온다.'

아젤은 이전의 굴욕을 가슴 한편에 묻어둔 채 냉정하게 판단했다.

라우라가 물었다.

"니베리스는 어떻게 할까?"

"글쎄, 모르겠군."

아젤은 진실을 말해주었다.

그녀의 어머니가 어떻게 죽었는지, 사이베인이 무슨 일을 겪고 어둠의 설원을 떠났는지…….

처음에는 격분했던 니베리스는 이야기가 진행될수록 안색이 창백해졌다. 마지막에는 떠나가는 아젤을 잡을 생각조차 못하고 굳어 있었다.

거짓말이다. 자신을 현혹시키려는 술책으로 헛소리를 지껄이는 것뿐이다.

그렇게 부정할 수 없었던 것은 아젤이 그녀의 개인사에 대해서 너무 소상히 알고 있었기 때문이리라. 아무리 라우라가 어둠의 설원의 고위 간부였다고 해도 그녀의 개인사를 알 리는 없었으니까.

"되도록 현명한 결단을 내려줬으면 좋겠군. 전에는 어떻게든 처리하고 싶었던 상대지만… 사이베인 때문인지 꺼려지는 마음이 있어."

아젤이 쓴웃음을 지었다. 그리고 물었다.

"너는 어느 쪽을 바라지?"

"당신과 같아."

라우라는 니베리스를 싫어했다. 라우라 입장에서는 태어나면서부터 스스로의 존재를 의심할 필요도 없고 모두에게 존중받으며 살아온 그녀는 질투할 수밖에 없는 대상이었으니까.

하지만 아젤의 동료가 되어 함께 싸워가는 동안 그런 감정은 희미해졌다.

라우라는 이미 니베리스를 질투하던 이유를 잃었다. 아젤 일행은 그녀를 도구가 아니라 신뢰하는 동료로, 마음을 가진 사람으로 대해주고 있었으니까.

"어쩌면… 나는 니베리스를 동정하고 있는지도 몰라."

라우라는 스스로도 확신하지 못하는 마음을 이야기했다.

예전에는 그녀와 니베리스 모두 서로의 개인사에 관심이

없었다. 당장 서로를 대하는 태도와, 경쟁자로서의 관계만이 중요했다.

이제는 다르다. 사이베인을 통해서 그녀의 삶을, 그리고 진실을 알게 되자 더 이상 예전과 같은 눈으로 그녀를 볼 수가 없었다.

아젤이 말했다.

"그럴지도 모르지. 네가 그랬던 것처럼, 죽지도 못한 과거의 망령들이 거짓과 기만으로 강요한 광신에 사로잡혀서 살아왔으니."

아젤도 예전에는 니베리스를 그저 적으로만 보았다. 하지만 사이베인과의 만남으로 인해서 인식의 변화를 겪게 되었다.

이제는 니베리스를 사람으로 보게 된 것이다. 울고, 웃고, 슬퍼할 수 있는 사람으로.

달갑지 않은 변화였다. 적에 대해서는 증오와 적의 외의 감정은 없는 편이 좋았다. 그들에게 동정할 만한 면모가 있음을 알게 된다면 그들을 죽여야 할 검은 무뎌질 수밖에 없다.

라우라가 말했다.

"더 이상 니베리스와 싸우고 싶지 않아."

"솔직히 말하면 나도 그렇군. 손해를 감수하고 약속을 지켰으니 끝이 찜찜하지 않을 선택을 하길 바랄 수밖에."

이번 일로 아젤은 많은 손해를 보았다.

니베리스 같은 강력한 전력을 없앨 수 있을 때 없애지 않았다는 것만으로도 큰 손해다. 아무리 그녀를 동정할 만한 사정을 알았다고 해도, 그것이 그녀가 아군을 죽일 기회를 제공할 이유는 되지 않는다.

게다가 아젤은 그녀 앞에서 지금의 전력을 노출했다. 물론 모든 것을 보여준 것은 아니지만 용마기에 대한 정보는 이미 위대한 어둠을 통해서 아인세라에게 흘러들어갔을 것이다.

아젤로서는 사이베인에게 충분한 성의를 보인 셈이다. 그런데도 니베리스가 계속 싸우기를 선택한다면…….

'그때는 어쩔 수 없는 일이지.'

7

아젤 일행이 휴식기를 갖는 동안에도 수호그림자와 용마왕 숭배자들은 격렬한 전투를 계속했다.

양쪽 다 피해가 확산되어 가고 있었다.

공격과 수비를 전환하기는 했지만, 어느 한쪽의 전력이 압도적인 것은 아니었다. 수호그림자가 정보전에서 약간씩 앞서가면서 허를 찌르고 있기는 했지만 용마왕 숭배자들의 전투력은 결코 얕볼 수 없었다.

각국의 수호그림자 조직원들이 하나둘씩 죽어간다.

더 이상 불멸이 아닌 수호그림자 개체들 역시 차근차근 줄

어들어간다.

"이럴 때는 대륙이 일곱 국가로 갈라져 있는 게 참으로 안타깝군."

카이렌은 루레인 왕국에서 수호그림자를 지휘하고 있었다.

전투를 쉰다고 해도 그 역할을 놓아버릴 수는 없다. 각지에서 날아드는 정보를 취합하고 실시간으로 명령을 내린다.

옆에서 상황을 보고 있던 아리에타가 쓴웃음을 지었다.

"차라리 저들이 드러내놓고 전쟁을 벌였다면 모를까… 아니, 그랬어도 쉽게 단합할 수는 없었겠군요."

만약 어둠의 설원이 자신들의 존재를 공표하고 전쟁을 벌인다면 용마전쟁 때처럼 온 세상이 단합해서 맞서 싸울까?

그렇지 않을 것이다.

지리적으로 어둠의 설원과 마주하고 있는 국가들을 제외하면, 그건 남의 나라 일이다.

역사에 아로새겨진 용마전쟁의 공포가 남아 있으니 어느 정도는 협력할 수도 있겠다. 하지만 그런 한편 직접적으로 전쟁을 벌이는 이들이 입는 피해로 인해서 자국이 어떤 이득을 얻을 수 있는지부터 계산하는 데 여념이 없으리라.

카이렌이 한숨을 쉬었다.

"답답한 일이다. 타국의 귀족이, 그것도 나와 같은 입장이었던 사람이 죽은 것을 이용할 궁리부터 하는 나 자신도 싫어

지는군."

카이렌은 루레인 왕국의 공작이라는 신분에 묶여 있다. 그 점은 그가 수호그림자의 지휘관이라는 사실을 쉽게 드러낼 수 없게 만들었다.

심지어 각국의 수호그림자 조직원들에게조차 그 사실을 밝히지 않았다. 그들은 카이렌을 예언지킴이와 비슷한 존재로 알고 있었다.

방금 전, 수호그림자 조직원이 죽었다.

적들의 움직임을 보고 후퇴를 종용했는데도 듣지 않았다. 지휘체계가 명확한 전장에서도 자주 벌어지는 일이었으니 상하관계가 성립하지 않는 수호그림자에서 이런 일이 벌어지는 것은 전혀 이상한 일이 아니다.

타국의 귀족이 죽었으니 상황이 난감해졌다. 수호그림자의 조직력 측면에서도 손해다.

그러나 그보다 중요한 사실이 있다. 죽은 조직원은 예전의 카이렌과 똑같은 입장이라는 것이다.

용마왕 숭배자들에 대한 원한으로 수호그림자의 일원이 되어 목숨을 걸고 싸워온 사람.

그런 사람의 죽음에 대해서 경의와 슬픔보다도 실리부터 생각하고 만 자신이 혐오스러웠다.

아리에타가 말했다.

"누군가는 해야 할 일입니다."

"…살다 보니 너한테 위로도 다 받는구나."

카이렌은 쓴웃음을 지었다. 보살펴 줘야 하는 어린애로만 보았던 제자가 한 사람 몫을 하는 성인이 되었다는 사실을 실감할 수 있었다.

곧 그가 화제를 돌렸다.

"용혼은 어떠냐?"

"계속 될 듯 말 듯하군요."

아젤과 라우라와 따로 행동하기로 한 시점에서, 카이렌은 루레인 왕국으로 돌아와서 세이가와 합류했다. 그리고 아리에타와 세이가에게 본격적으로 용혼을 전수하기 시작했다.

비록 두 사람은 용마인이기는 했지만 용마족이라고 봐도 이상하지 않을 정도의 용마력을 가졌다. 특히 아리에타는 용살의 의식을 치르면서 큰 폭으로 성장하기까지 했다.

거기에 잊힌 비술도 터득하고 있으니 용혼을 익히기에는 충분한 요건을 갖추고 있었다.

하지만 역시 용혼을 각성하는 것은 쉽지 않았다.

카이렌이 말했다.

"차근차근하는 수밖에 없다. 요체는 숙지했으니 노력하다 보면 어느 순간 각성하게 될 것이다."

"스승님과 레티시아는 얼마나 걸렸습니까?"

"우리는 한 달 반 정도 걸렸지. 하지만 너희는 우리보다 조건이 나쁘다."

카이렌은 자신이 용혼을 가르치는 능력이 레슈보다 낫다고 생각하지 않았다. 레슈는 용혼의 창시자였고 거기에 대해서 깊은 이해를 갖고 있었다.

게다가 사이베인의 존재가 큰 변수다. 그의 치유 능력이 있었기에 레슈는 위험을 감수하고 두 사람을 한계까지 몰아붙였던 것이다. 그러니 아리에타와 세이가에게 똑같은 일을 시킬 수는 없다.

아리에타가 물었다.

"그렇군요. 그럼 혹시 스승님과 레티시아 중 어느 쪽이 더 빨리 각성했습니까?"

"……."

그 말에 카이렌의 표정이 노골적으로 찌푸려졌다. 그것만으로도 대답이 되었다.

"스승님보다 앞서다니 대단하군요."

"그건……."

레티시아는 자신과 달리 본질을 알고 있었기 때문이다. 그렇게 변명하려던 카이렌이 입을 다물었다. 남자답지 못하다고 생각했기 때문이다.

카이렌이 투덜거렸다.

"아젤이랑 알고 지내더니 못된 것만 배웠구나. 이런 심술을 부리다니."

"이럴 때가 아니면 언제 스승님을 놀려보겠습니까? 흠. 그

러면 저도 최대한 기록을 단축하도록 노력해 봐겠군요. 레티시아야 그렇다 치고 동생보다 뒤쳐져서야 누나로서 체면이 서지 않으니."

한편 세이가는 그녀에게 뒤쳐지면 남자로서의 체면이 서지 않는다고 열을 올리고 있었다. 그런 점을 보면 외모 말고는 별로 닮은 구석이 없는 것 같은 두 사람이 남매가 맞구나 싶었다.

아리에타가 말했다.

"하지만 상황이 이래서야 저와 세이가가 용혼을 익힐 때까지 계속 휴식할 수는 없겠지요."

"그렇다. 우리 측의 부담도 커지고 있으니 사흘 후부터 움직일 것이다."

사흘 후면 아젤과 라우라와 떨어져서 움직인 지 딱 보름이 된다. 다들 충분한 휴식으로 컨디션을 회복한 상태였다.

현재까지 파괴한 공허의 길 거점은 40개. 남은 것은 182개다.

"100개 이하로 줄어들었을 때가 결전의 때다. 그때까지 우리의 전력이 잘 버텨주길 바라는 수밖에."

카이렌은 레이거스나 알마릭과 자웅을 겨루는 때를 그때쯤으로 잡고 있었다. 그때는 확실하게 처리할 수 있는 무대를 만들 수 있으리라.

하지만 언제나 그렇듯이, 현실에서는 전략 수행을 어긋나

게 만드는 변수가 발생하는 법이다.

8

220여 년 만의 수성전이 시작된 이후, 어둠의 설원은 정신없이 바빠졌다.

공허의 길이 갖는 가치를 누구보다도 잘 알고 있는 그들이다. 신앙의 대상인 아테인이 남긴 유물이라는 의미까지 더해져서 어떤 희생을 치르더라도 지켜야만 한다고 판단하고 있었다.

더 이상 젊은 세대에게만 싸움을 맡겨두고 있을 수 없었다. 배후의 실세 노릇을 하고 있던 용마전쟁 때의 생존자들도 무거운 엉덩이를 움직여야만 했다.

물론 상식적으로 생각하면 그들이 움직인다 한들 별로 달라질 것도 없다. 아운소르의 장로들이 그러했듯이 그들은 용마족이라는 것을 감안하더라도 노쇠했다. 그리고 일선에서 물러난 지도 너무 오래되었다.

하지만 광기 어린 집착을 지닌 존재가 비상식적인 선택을 하는 것은 흔한 일이다.

레이거스가 말했다.

〈흠. 내가 할 소리는 아닌 것 같지만, 정말이지 별꼴을 다 보는군.〉

"그 점은 나도 동감이다. 하지만 전력으로서는 확실히 쓸 만하겠지."

알마릭이 피식 웃었다.

라우라를 비롯한 젊은 세대들은 어둠의 설원에 용마전쟁의 생존자들이 스무 명 정도 남아 있다고 알고 있었다. 그 외에는 모두 세월이 흘러서 죽은 것으로 알려져 있었는데… 사실은 그게 아니었다.

용마전쟁의 생존자 중에는 스스로를 불사체로 바꾼 이들이 있었다.

상식적으로 보면 어리석은 선택이다. 불사체가 되어봤자 멀쩡한 정신을 유지할 수 있는 시간은 그리 길지 않다. 물론 잘 만들어진 불사체라면, 여러 가지 관리 수단을 도입한다면 수십 년도 버틸 수 있겠지만 그 시간은 고통으로 가득할 것이다.

하지만 그들은 어떻게든 자신의 눈으로 용마왕의 재래를 보고 싶어 했다.

사이베인이 아젤에게 이야기한 것처럼, 어둠의 설원이 광신도 집단으로 변질되기까지는 그리 오랜 시간이 걸리지 않았다. 그 중추가 되는 자들의 광기가 극단적인 행동을 이끌어 낸 것도 이상하지 않은 일이다.

그들은 스스로를 불사체로 바꾸고, 이성을 유지하기 위해 긴 잠에 빠져들었다. 언젠가 아테인이 부활하는 그날에 깨워

줄 것을 부탁한 채로.

하지만 어둠의 설원의 상층부는 아직 아테인이 부활하지 않은 시점에서 그들을 깨울 수밖에 없었다. 그만큼 상황이 다급했기 때문이다.

레이거스가 어깨를 으쓱했다.

〈과연 얼마나 도움이 될까? 마법사들이야 그렇다 치고 칼잡이 녀석들은 불사체로서 감각 잡는 데만 해도 시간이 많이 걸릴 텐데?〉

스피릿 오더 수련자가 그렇듯 용령기 수련자 역시 불사체가 되었을 때 잃는 것이 많다.

불사체가 되는 순간, 자신이 생전에 구사하던 모든 기술의 기준을 잃는다. 모든 것을 불사체의 기준에 맞추어 재구성하는 것은 결코 쉽지 않고 한순간에 해결되는 일도 아니다.

알마릭이 싱긋 웃으며 물었다.

"아젤한테 두들겨 맞으면서 깨달은 본인의 경험담인가?"

〈…끄응. 아픈 과거를 찌르는군그래.〉

불사체가 되면서 용마력을 잃은 레이거스는 용령기 수련자였던 생전에 비해 기량이 크게 떨어졌었다. 하지만 지금은 경험을 통해서 불사체의 감각에 완벽하게 적응한 상태다.

알마릭이 말했다.

"어쨌거나 마법사만으로도 큰 도움이 되겠지. 이놈들이 숨기고 있는 게 많아야 두고두고 끌어내서 써먹기 좋을 텐데 벌

써 밑천이 드러나는 것 같아서 좀 달갑지 않군."

아인세라의 전폭적인 지지하에 알마릭은 어둠의 설원의 총사령관의 역할을 수행하고 있었다. 하지만 현재 어둠의 세력의 실세들은 그를 존중하면서도 모든 것을 꺼내 보이기를 꺼려했다.

〈음?〉

문득 레이거스가 고개를 들었다. 알마릭이 의아해하며 물었다.

"왜 그러지?"

〈누군가 오는군.〉

"신경 쓸 만한 존재인가?"

"그렇지 않겠는가?"

대답한 것은 레이거스가 아니었다. 알마릭과 레이거스가 깜짝 놀랐다.

〈누구신가?〉

상대가 둘의 감각을 속이고 방 안으로 들어와 있었기 때문이다. 둘 다 부활한 후로 처음 겪는 일이었다.

상대는 새카만 후드를 써서 얼굴을 가리고 있었다. 아니, 정확히는 후드 아래로 마법적인 힘이 작용하는 어둠이 장막처럼 드리워져서 얼굴을 알아보는 것을 막고 목소리를 변조시킨다.

"오랜 시간이 흐른 것 같군."

상대가 그렇게 말하며 후드를 벗었다.

드러난 얼굴을 본 알마릭과 레이거스는 그가 자신들의 감각을 속였을 때보다도 놀라고 말았다.

CHAPTER 40

귀환

龍劍魔展

1

유렌은 꿈을 꾸고 있었다.

익숙한 상태다. 인도자의 꿈. 무수한 기억의 파편들이 얼기설기 이어진 혼돈의 공간 속에서, 반쯤 잠든 것 같은 상태의 유렌에게 인도자의 목소리가 속삭인다.

—뭔가 불만이 있는 것 같군.

'당신은 칼로스 리제스터가 아니었어.'

유렌은 한동안 참고 있던 의문을 꺼냈다. 인도자가 긍정했다.

—그래.

'당신은 내가 추측한 대로의 존재야?'

—대답할 수 없다는 걸 알잖아.

'내가 추측한 대로의 존재라면 그렇겠지.'

—아니더라도 그럴 것이고.

'유감스럽게도 그렇네. 이렇게 말하면 저렇게 빠져나가고, 저렇게 말하면 이렇게 빠져나가고. 당신 정말 얄미워.'

유렌이 투덜거렸다. 인도자의 정체에 대해서는 그저 추측할 수 있을 뿐이다. 확신할 수 있는 것은 아무것도 없었다.

인도자가 칼로스가 아님을 알았을 때, 유렌은 크게 낙담했다.

내심 그러기를 바라고 있었던 것이다. 자신이 바이언의 환생임을 확신하면서도 그 이전에는 아젤과 함께 싸웠던 칼로스였으면 좋겠다고 생각했다.

문득 인도자가 물었다.

—유렌, 넌 지금의 삶을 어떻게 생각하나?

'목숨을 가치 있게 쓰고 있다고 생각해.'

그것은 유렌의 진심이었다.

인도자와 만나기 전, 유렌에게는 스스로를 좋아하고 싫어하는 감정이 없었다. 용마왕 숭배자들의 도구로 키워졌기 때문이다.

인도자와 만난 후, 유렌은 스스로를 싫어하게 되었다.

자신이 처한 환경이 싫었고, 자신들을 소모품으로 쓰기 위해 광신도로 육성하는 용마왕 숭배자들이 싫었다. 그리고 무

엇보다 그러면서도 그들의 손아귀에서 벗어나지 못하는 자신이 싫었다.

지금은 조금이나마 스스로를 좋아할 수 있을 것 같았다. 결코 떨쳐 버릴 수 없는 죄의식 속에서도 자신이 올바른 일을 하고 있다는 뿌듯함을 느낀다.

'당신 덕분이야.'

인도자가 힘을 주었기에 운명의 굴레에서 벗어날 수 있었다. 미치광이들의 도구로 키워진 이 목숨을 스스로의 마음을 위해 쓸 수 있게 되었다.

무엇보다 동료들을 만났다.

아젤과 카이렌, 레티시아, 라우라… 그리고 이제는 아리에타까지.

그들은 모두 자신을 신뢰해 주었다. 자아를 거세하고 언제든지 버릴 수 있는 도구로 보는 것이 아니라, 서로를 위해 목숨을 걸 수 있는 동료로 봐주었다.

낯간지러워서 터놓고 말하지는 않았지만, 유렌은 그들의 태도에 진심으로 감동했다.

이 사람들을 위해서라면 무엇이든 할 수 있다. 자신의 목숨이라도 기꺼이 내줄 것이다.

그들을 만나기 전까지는 알지 못하던 감정이었다. 그리고 그 감정이 지금의 유렌을 만들었다.

―그걸로 충분하지 않은가?

'나는 무서워.'

유렌이 말했다.

'당신의, 그리고 내 정체가… 지금 내가 믿고 싶어 하는 것과는 전혀 다른 것일까 봐 무서워.'

유렌은 지금까지 한 번도 드러낸 적 없는 불안을 이야기했다.

동료들 앞에서 유렌은 늘 태평해 보였다. 인도자라는 정체불명의 존재를 아무런 의심 없이 신뢰하면서 그가 제시한 운명을 따라가길 주저하지 않는 것 같았다.

하지만 사실 유렌 역시 불안했다.

인도자를 통해 자신이 저지른 죄를 이해했을 때, 유렌의 마음은 갈가리 찢어졌다. 그리고 기회를 엿보면서 어둠의 설원이 요구하는 도구로서의 삶을 연기하는 동안 죄의식은 켜켜이 쌓여서 어떻게 청산해야 할지도 모를 지경으로 커져 있었다.

아젤과의 만남은 캄캄한 밤길에서 등불을 만난 것과도 같았다. 그 덕분에 유렌은 자신의 목숨을 어떻게 써야 할지 결정할 수 있었다.

그저 막연히 어둠의 설원의 행사를 방해하는 싸움이 아니라, 모든 것을 끝낼 수 있는 길을.

레티시아 역시 마찬가지였으리라. 유렌과 그녀는 앞이 보이지 않는 싸움을 계속하고 있었다. 두 사람이 손을 잡게 된

것은 서로가 품은 막막함에 공감했기 때문이었다.

'당신과 내가 우리의 적일까 봐 무서워.'

유렌이 품은 두려움의 정체는 바로 그것이었다.

아젤은, 그리고 동료들은 유렌에게 있어 무엇과도 바꿀 수 없는 절대 가치였다. 그렇기에 자신이 그들에게 해를 입힐 수 있다고 생각하면 두려워서 미쳐 버릴 것만 같았다.

'당신이 누구든 간에 정말 감사하고 있어. 이 마음만은 변하지 않을 거야.'

유렌은 인도자가 자신의 운명을 계획했음을 안다. 어쩌면 자신은 그의 의도대로 움직이는 꼭두각시에 불과한지도 모른다.

동시에 인도자는 그에게 운명을 선택할 자유를 주었다. 하나밖에 없는 선택지를 두 개로 늘려준 것만으로도 그에게 말할 수 없을 정도로 감사하고 있었다.

'그렇다고 해도 당신이 우리의 적이라면 나는…….'

—내가 누구든 너는 너다, 유렌.

인도자가 유렌의 말을 자르고 말했다.

'하지만 내 추측이 맞다면 나는 당신의 환생이야. 우리는 동일인물이지.'

—네 추측대로 바이언이 네 전생이었다고 치자. 그럼 너는 스스로를 바이언이라고 느끼는가?

'…….'

아니었다. 유렌은 바이언이 자신의 환생이라고 확신했지만, 그의 삶을 자신의 것으로 여긴 적은 한 번도 없었다.

―너는 유렌 리제스터다. 나를 무엇이라고 생각하든 상관없다. 그것만은 부정해선 안 돼.

'내 의지가 당신의 의지에 반한다고 해도?'

―나는 네게 아무것도 강요하지 않는다. 선택하는 것은 너다.

2

아젤과 라우라는 다른 동료들과 떨어져서 별도로 활동하는 동안 니베리스에게 사이베인의 이야기를 전했다. 그리고 그 외의 시간에도 놀고만 있지는 않았다.

"아젤, 아무래도 발굴 도중에 유적 자체가 주저앉아서 포기한 것 같아."

"그렇군. 흠. 뭔가 남아 있었으면 좋겠는데……."

아젤과 라우라는 사람의 발길이 닿지 않는 숲 깊숙한 곳에서 오래된 유적을 발견했다. 누군가 발굴하려고 한 흔적이 있는 유적이었다.

하지만 라우라의 말대로 발굴에 성공하지는 못한 것 같았다. 대규모 공사를 한 것은 아니고 소수의 무리가 도굴꾼처럼 유적의 내용물을 털려고 한 것 같은데, 중간에 지상에 가까운

통로가 완전히 주저앉아 있었다.

이 유적은 칼로스가 생전에 만들어둔 것이다.

칼로스는 영봉 라우스에 틀어박히기 전, 언젠가 깨어날 아젤을 위해 대륙 곳곳에 안배를 남겨두었다. 그중 몇몇은 유렌을 통해 알아서 회수하기도 하지 않았던가?

벨런이 죽고 나서 여명수호대의 힘이 다해 사라질 때까지, 칼로스는 아젤에게 많은 이야기를 해주었다. 그리고 원래 아젤이 처음 깨어난 유적에서 손에 넣었어야 할, 자신이 남겨둔 안배들을 표시한 지도도 넘겨주었다.

아젤과 라우라는 휴식기 동안 그 안배들을 찾아다니고 있었다.

그중에는 발굴된 것도 있고 남아 있는 것도 있었다. 아젤과 라우라는 2주 정도의 기간 동안 일곱 군데에 들렀는데 그중 세 군데는 발굴된 후였다.

"칼로스는 도대체 당신을 얼마만큼 좋아한 거야?"

그리고 주저앉은 유적에 남겨져 있었던 것을 본 라우라가 기가 막혀 하며 물었다.

이 유적에 남겨져 있었던 것은 아젤이 용마전쟁 당시에 둘렀던 용가죽으로 만든 붉은 마법의 망토였다.

참고로 전전번의 유적에는 진품 백룡의 갑주가 있었다. 이전에 유렌을 통해서 손에 넣었던 백룡의 갑주 레플리카가 레이거스의 격전에서 부서져 버린 아젤에게는 아주 반가운 물

건이었다.

"그러게. 이 녀석, 용마기도 그렇고 좀 후손들에게 남겨줄 것이지……."

아젤도 웃고 말았다.

칼로스의 안배는 집요하기 짝이 없었다. 아젤이 썼던 무구들을 비롯해서 정말 많은 것을 여기저기 흩어서 감춰 두었다.

언젠가 아젤이 돌아오리라 믿었다고 해도 이건 좀 과하지 않은가?

칼로스는 정말로 아젤의 물건들을, 그리고 그를 위해 준비한 것들을 다른 누군가에게 넘겨주기 싫었던 것이다. 설령 그것이 아젤이나 그의 후손이라고 하더라도.

'정말이지 죽어서도 내가 고개를 못 들게 만들다니…….'

자신의 손으로 그를 떠나보냈다.

하지만 지금 이 순간에도 그가 안배한 것들이 자신을 돕고 있었다. 긴 세월을 뛰어넘은 집착과 고집이 복잡하게 와 닿는다.

문득 라우라가 말했다.

"그렇게 있으니 똑같아."

"용마전쟁 때와?"

라우라가 고개를 끄덕였다.

아젤이 말했다.

"확실히 옛날 생각나는군."

"만약……."

문득 라우라가 말했다.

"왕이 부활한다면……."

"그건 이미 확정사항이지. 언제일지가 문제일 뿐."

아젤은 아테인의 부활을 반드시 일어날 사건으로 받아들이고 있었다. 확실하게 인식하고 대비해야 할 문제였다.

"왕이 레슈가 말했던 것처럼 행동한다면 어쩔 거야?"

"어둠의 설원 놈들을 저버리고, 세상과 싸울 생각도 없이 뭔가 자신만의 이상을, 더 좋은 세상을 만들겠다는 선의로 실행에 옮기려고 한다면 말인가?"

"응."

"그럼 다시 무덤으로 보내줘야지."

주저 없는 대답에 라우라가 당혹감을 드러냈다. 그녀의 표정을 본 아젤이 말을 이었다.

"놈은 세상을 바꿀 힘이 있어. 생각하는 것도 크고 행동하는 것도 커. 터무니없을 정도로 크지."

아테인은 역사를 움직인 존재다. 아젤은 이 시대의 누구보다도 그 사실을 뼈저리게 실감한 인간이었다.

"용살의 의식은… 그래. 그건 신화의 영역이야. 그리고 그게 딱히 잘못되었다고 생각하지도 않아. 인간 입장에서는 이득이 되는 일이었지. 오히려 용을 불쌍하게 여겨야 할 문제였어."

아테인이 용살의 의식을 만들어서 인간과 용의 관계를 재설정하지 않았더라면, 인류의 영역은 지금보다 훨씬 작았을지도 모른다. 그리고 용마전쟁 때 용마왕군에게 대항할 힘이 없어서 무릎을 꿇었을지도 모른다.

"하지만 용마전쟁은 달라. 자기가 생각한 대로 세상을 바꾸겠다는 일념으로 온 세상을 뒤집어놓고 도대체 얼마나 많은지 셀 수도 없을 정도로 많은 목숨이 날아간 후에야 '아, 내 생각이 잘못되었구나' 하고 깨달은 놈이야. 난 그런 장대한 실패를 되풀이할 기회를 또 줄 생각이 없어."

레슈와 만난 후로 아젤은 죽 그 문제에 대해서 고민해 왔다. 그리고 내린 답이 이것이다.

"아테인은 세상을 뒤엎을 정도로 거대한 능력을 가졌지. 그리고 미쳤어. 그런 놈이 지극히 개인적인 이상을 세상에 강요한다면… 과연 용마전쟁만 한 비극이 또 일어나지 않는다고 할 수 있을까?"

"그저 가능성 때문에?"

"가능성 때문만이 아니야. 나는 그놈이 저지른 과오를 용서할 마음이 없어. 그리고 오만한 미치광이의 선의를 믿어줄 생각도 없고."

"……."

라우라가 입을 다물었다.

아젤이 물었다.

"하고 싶은 말이 있는 표정이군."

"나는… 잘 모르겠어."

라우라가 눈살을 찌푸렸다.

아운소르 일족은 아젤을 가리켜 '왕의 운명을 되돌릴 기회를 부여한 자'라는 설을 지지하고 있었다. 그리고 사이베인의 말에 따르면 그것은 사실이었다.

아테인이 용마전쟁을 일으킨 이유는 이상 국가를 건설하기 위해서였다. 보다 좋은 세상을 만들기 위해서 새로운 질서를 세계에 강요하고자 했고 그 결과 침략자, 정복자의 역할을 수행했다.

하지만 아테인은 어느 순간 자신의 이상이 실현될 수 없는 환상임을 깨달았다.

아테인의 이상은 인간과 용마족에 대한 순진하기 짝이 없는 기대를 기반으로 하고 있었다. 그리고 그는 용마전쟁으로 세상을 다 뒤집어엎어놓고 나서야 자신의 잘못을 깨닫고 절망했다.

문제는 깨닫는 것이 너무 늦어서 도저히 멈출 수 없는 지점에 와 있었다는 것이다.

아테인은 절망하면서도 자신의 책임을 다하고자 했다. 그리고 결국 아젤이라는, 그가 강요한 이상에 반발한 세상이 벼려낸 한 자루 검에 의해 쓰러짐으로써 잘못된 선택을 되돌릴 기회를 얻었다.

아젤이 말했다.

"그 말이 사실이라면 더없이 혐오스러운 일이지."

"어째서?"

"세상 전부를 휘말려들게 한 끔찍한 실패로, 수많은 사람에게 하나뿐인 목숨을 걸게 한 놈이 자기는 되살아나서 새로 시작할 수 있으니까 목숨을 버린 거였다? 더욱더 용서할 수 없어."

아젤의 입장은 단호했다. 아테인이 부활해서 무슨 말을 하든, 어떤 태도를 보이든 흔들리지 않을 것이다.

"놈과 나의 관계 설정은 이미 끝났어. 서로 돌이킬 수 없는 강을 건넜지. 심지어 내가 잠들어 있는 동안 이어진 역사조차도 그 관계를 더 공고히 할 뿐이야."

그 점에서 아젤과 칼로스는 마지막 대화에서 동일한 결론에 도달했다.

"어둠의 설원이 행한 일들이, 그들이 용마전쟁 후로 광신도 집단으로 변질되어서 한 일이고 아테인은 관계가 없다? 하! 웃기지도 않는 소리야. 라우라, 너는 과거의 존재들… 우리 시대의 존재들과 이 시대의 존재들을 분리해서 보는 경향이 있어. 하지만 그건 합리적이지 못한 일이야."

"어째서?"

확실히 라우라는 그런 경향이 있었다. 어둠의 설원이 한 짓에 염증을 내면서도 자신에게 위안을 주었던 어르신으로 위

장했던 알마릭에게는 철두철미한 살의를 보이지 못한다.

아젤이 말했다.

"아테인이 자신의 사후를 대비하여 남겨놓은 것들이 아니었다면, 어둠의 설원은 지금처럼 활개 치지 못했을 거야. 칼로스가 그토록 지옥 같은 시간을 보내지 않았어도 되었겠지."

아테인이 평범하게 죽음을 맞이했다면 아젤은 좀 다른 시각을 보였을 것이다. 하지만 아테인은 부활을 예비하면서 위대한 어둠과 공허의 길, 용마장군의 용마기를 비롯한 유물들을 이용할 권한을 어둠의 설원에 주었다.

그 결과는 용살의 의식을 비롯한 지식들의 유실, 그리고 대암흑이라는 최악의 재앙이었다.

"아테인은 자신이 부활하기 위한 안배로 생존자들에게 그것들을 쥐어준 시점에서, 그 결과로 일어난 일들에 대한 책임을 져야 해."

3

휴식기를 끝낸 일행은 루레인 왕국 서부에서 합류했다.

어둠의 설원의 입장에서 보면 그쪽에 있는 공허의 길 거점을 치려고 움직인다고 판단할 만한 상황이다.

하지만 이전에 라우라만 따로 행동하는 식으로 공격지점

을 혼란시켰던 전례가 있기 때문에 한층 더 신중하게, 근방의 거점들에 최대한 많은 병력을 집중시키는 식으로 방어에 나서리라.

하지만 일행의 목표는 전혀 다른 곳에 있었다.

"현 시점에서 남은 공허의 길 거점은 180개다."

카이렌이 상황을 알려주었다. 합류하는 동안 수호그림자 조직원들의 활약으로 두 개의 거점이 추가로 파괴되었다.

아젤이 말했다.

"갈 길이 멀군요."

"대륙 곳곳을 한꺼번에 몰아칠 만큼 압도적인 병력이 있었다면 좋았으련만."

"용마전쟁 때 지금처럼 확실한 정보를 알고 있었다면, 전쟁의 양상이 달라졌을지도 모르겠습니다."

아젤이 쓴웃음을 지었다.

하지만 생각해 보면 당시에는 공허의 길이 지금처럼 중요한 가치를 지니지 않았다. 지금이야 어둠의 설원이라는 극지(極地)를 본거지로 하는 비밀조직이 대륙 전체에서 활동하기 위한 생명선이지만, 대군세를 이끌고 온 세상을 상대로 싸우는 입장에서는 가치 있는 보물이기는 할지언정 잃는다고 해도 치명적이라고 할 정도는 아닌 것이다.

카이렌이 말했다.

"어쨌든, 오늘 한 곳은 확실히 더 없어질 것이다."

비록 일행의 목표가 다른 데 있다고 해도 이 상황을 이용하지 않을 이유가 없었다. 적들이 이 근방의 거점에 병력을 집중하는 동안 버레인 미르켈 백작과 용마왕자 세이가를 주축으로 하는 정예부대가 다른 곳을 칠 계획이었다.

아젤이 아리에타에게 물었다.

"공주님, 용혼은 어떻습니까?"

"아직이다. 될 듯 말 듯한 기분인데, 스승님도 레티시아도 원래 각성하기 전까지는 계속 이런 기분일 거라는군. 솔직히 답답하다. 나만 도움이 못 되는 것 같아서……."

일행과 합류한 후로 아리에타는 조금 의기소침해져 있었다.

그럴 수밖에 없었다. 용마공주인 그녀는 늘 탁월한 무력으로 다른 이들을 책임지는 역할을 맡아왔다. 그런데 일행은 하나같이 무시무시한 능력의 소유자들이라 자신이 짐이 되는 건 아닌가 우려될 지경이었다.

아젤이 말했다.

"공주님은 충분히 도움이 되고 있습니다. 우리 입장에서는 정말 소중한 전력이지요."

"흠. 위로가 되기는 한다만, 냉정하게 볼 때 용혼을 각성하지 못한다면 큰 도움이 못 된다는 것은 안다. 차라리 내가 마법사였다면 좀 더 나았을지도 모르겠군."

유렌을 보면 그런 생각이 든다.

유렌은 마력 면에서 다른 일행보다 확연히 뒤떨어진다. 마족을 소환해서 합신한다는 비장의 수단이 있기는 하지만 그건 상당한 위험부담을 져야 하는 일이다.

그래도 고위 마법사인 유렌의 능력은 마력이 동등한 용령기 수련자와 일대일로 비교할 수 없는 정도의 것이다. 직접 전투와 전투 지원이 동시에 가능하다는 것만으로도 전력의 활용 폭이 어마어마하게 넓다.

아젤이 말했다.

"아마 공주님이라면 각성하는 데 오랜 시간이 걸리진 않을 겁니다. 제게 배우실 때도 뛰어난 학생이셨으니까요."

"기분이 좋아지는군. 그런 말솜씨 때문에 여자들에게 인기가 많았나?"

"딱히 그렇지는……."

"용마전쟁 때의 그대가 어땠는지 들었다. 그렇게 많은 후손이 있었을 줄이야. 정말 놀랍더군."

"……."

아젤의 얼굴이 미소 짓는 표정 그대로 굳었다. 슬그머니 카이렌을 쏘아보자 그가 악동 같은 웃음을 짓고 있었다.

"스승님께서 그대에게 마음 주는 일 없도록 조심하라고 열과 성을 다해 말씀하시더군. 과거에 얼마나 많은 여자를 울렸는지 설파하시면서……."

"공작님……."

"난 사실을 말했을 뿐이다. 전설의 영웅 아젤 카르자크는 존경하지만, 수많은 여자를 울린 난봉꾼이 내 애제자의 마음에 상처를 입힐 가능성은 원천 차단해 둬야 하지 않겠나? 그리고 아리에타도 우리 동료가 되었으니 수호그림자의 진실을 들을 자격이 있다고 생각한다만."

"크윽……."

카이렌이 유들유들하게 대꾸하자 아젤이 부들부들 떨었다. 하지만 이 문제에 대해서는 입이 열 개라도 할 말이 없음을 알고 있었다.

아리에타가 웃음을 터뜨렸다.

"걱정하지 않아도 된다. 나는 아젤 경 그대를 앞뒤 가리지 않는 막장 난봉꾼으로는 보고 있지 않으니 말이다."

"…참으로 위로가 되는군요."

아젤이 구시렁거렸다.

4

아젤 일행의 목적은 위대한 어둠의 기둥을 파괴하는 것이다.

현재까지 세 개의 기둥이 파괴되었다.

나딕 제국이 멸망하기 전, 칼로스가 최초로 용마기를 만들어낸 용마족 초월자 익세르를 쓰러뜨림으로써 첫 번째 기둥

을 무너뜨렸다.

칼로스가 봉인하고 있었던 죽음의 왕 벨런을 소멸시킴으로써 두 번째 기둥이 파괴되었다.

그리고 아젤과 라우라가 강철의 왕이라 불렸던 존재를 쓰러뜨렸다. 그는 살아 있는 존재를 금속으로 바꾸는 능력을 가졌고 그것으로 생명이 영구불멸의 존재가 될 수 있다고 믿었다.

"남은 기둥은 아홉 개."

칼로스가 파악한 바에 따르면, 위대한 어둠의 기둥 역할을 하는 봉인은 총 열두 개였다.

하지만 칼로스도 그것들의 정체와 위치를 모두 알고 있는 것은 아니다. 분명히 아는 것은 다섯 곳 정도에 불과했다.

"앞으로 파괴할 목표는 네 개… 하지만 그중 우리가 목표로 삼을 수 있는 것은 세 개."

네 개 중 하나는 북쪽 혹한의 땅, 즉 어둠의 설원에 위치해 있었다. 현 시점에서는 일행이 공격할 수 없는 장소다.

"그걸 제외하더라도 열두 개 중에 절반이 파괴된다면 위대한 어둠도 무사하지 못하겠지요."

절반의 기둥을 잃는다고 해서 위대한 어둠 그 자체가 붕괴하진 않으리라. 그러기에는 너무 오래되었고 장대한 마법적 시스템이었다.

하지만 기능이 약화되는 것만은 분명하다. 벨런이 소멸한

시점에서 수호그림자가 더 이상 불멸의 존재가 아니게 된 것처럼.

카이렌이 말했다.

"마음 같아서는 당장 어둠의 설원으로 달려가서 그놈부터 박살 내고 싶군."

"그 심정은 이해합니다만… 분노를 가라앉히시지요."

아젤이 그를 달랬다.

어둠의 설원에 있는 기둥은 카이렌과 인연이 깊었다.

질병의 신 리마스.

용마왕 숭배자들이 그의 유물을 이용해서 대암흑을 불러왔다. 카이렌 입장에서는 이를 갈 수밖에 없는 존재였다.

문득 아리에타가 말했다.

"하지만 하필이면 이곳이라니… 정말로 우리와 인연이 깊은 땅이로고."

"그렇군요."

아젤도 동의했다.

일행은 루레인 왕국 서부의 발란 숲에 와 있었다.

인간의 발길이 닿지 않는 광활한 마경은 위대한 어둠의 기둥이 존재하기에 안성맞춤의 장소였다. 이치에 맞는 결론이지만 아젤과 아리에타 입장에서는 정말로 복잡한 감상이 들었다.

이곳에서 220년 동안 잠들어 있던 아젤이 깨어나면서 모든

것이 시작되었다.

자일을 만나고, 아리에타를 만나고… 용마왕 숭배자들과 싸우면서 수많은 이야깃거리를 만들었다.

시간이 흐른 후 아리에타는 이곳으로 돌아와 2차 어둠의 대동맹을 막아내고, 생애 처음으로 용살의 의식을 치르기까지 했다.

그런데 다시 이 땅에서 목숨을 건 싸움을 하게 될 줄은 몰랐다.

아젤이 마지막으로 설명했다.

"지난번에 상대했던 강철의 왕은 별로 무서운 존재는 아니었습니다. 하지만 아테인이 준비한 방어 장치는 절대 얕봐서는 안 됩니다."

일행은 고개를 끄덕였다. 특히 라우라는 지난번에 그 무서움을 뼈저리게 맛본 터라 긴장한 기색이 역력했다.

칼로스의 정보에 따르면 이곳에 봉인된 존재는 수목의 신이라 불렸던 존재다.

수목의 성장을 수천 배 이상으로 촉진하고, 그들을 동물처럼 움직이게 할 수 있었던 그는 온 세상을 수목으로 뒤덮이게 하려다가 아테인과 그 동료들의 손에 쓰러져 이곳에 봉인되었다.

발란 숲이 이토록 광활해진 것은 어쩌면 그 때문이었는지도 모르는 일이다.

5

문득 아젤이 걸음을 멈췄다.

"여기인가?"

봉인 지점까지 가는 길은 수월했다.

발란 숲이 마경이라 불리는 땅이기는 하지만 일행의 전력은 너무나도 압도적이다. 마법의 눈으로 주변을 살펴서 최대한 싸움을 피하고, 어쩔 수 없이 마물이나 마수와 충돌하게 되는 경우에는 최대한 신속하게 정리했다.

서부 국경수비대가 알았다면 기절초풍할 일이었다. 아젤 일행은 발란 숲의 전문가라고 할 만한 그들도 한 번도 와본 적 없는 깊은 곳까지 와 있었다.

라우라가 고개를 끄덕였다.

"응."

언뜻 보면 아무것도 없는 공터다. 하지만 그녀는 확신했다.

칼로스가 준 마법서에는 위대한 어둠의 기둥을 찾는 방법도 적혀 있었다. 라우라는 그 방법을 통해서 장소를 특정했다.

아젤이 말했다.

"난감하게 됐군. 이러면 뒤집어엎는 방법은 못 쓰겠는데?"

"수단이 상당히 제한돼."

"어쩔 수 없지. 그럼……."

아젤이 심호흡을 한 번 하고는 용마력을 전개하기 시작했다.

우우우우우우……!

무시무시한 용마력 파동이 쏟아져 나오면서 주변이 뒤흔들린다. 일행이 숨을 삼켰다.

"볼 때마다 생각하는 거지만… 믿을 수가 없을 정도군."

카이렌이 중얼거렸다.

예전에는 용마력으로는 누군가에게 뒤쳐져 본 적이 없는 그다. 용혼을 각성한 후에는 힘이 대폭 증가하기까지 했다.

하지만 지금 아젤이 쏟아내는 힘에는 숨이 막힌다. 이것이 과연 인간이 지닐 수 있는 힘이란 말인가?

그렇게 반응하는 것은 일행만이 아니었다. 주변에서 난리가 났다.

깜짝 놀란 새들이 날아오르고 짐승들이 달아난다. 그것은 일행의 의도대로였다. 곧 전장이 될 이곳에서 일부러 산 것들을 쫓아내고 있는 것이다.

"자, 그럼… 다들 물러나 주시지요."

듀얼 밴딩 처리된 생명의 고리 여덟 개가 진동한다. 거기서 발생한 마력이, 한없이 용마력에 가까운 힘이 영맥을 가득 채우고 넘쳐흘러서 주변을 가득 메운다.

그런 가운데 하늘을 가르는 검이 빛으로 화해 하늘을 내달리고 있었다.

하늘이 갈라지며 거대한 빛의 가지들이 뻗어 나간다. 멀리 떨어진 서부 국경수비대에서도 똑똑하게 보일 정도로 어마어마한 규모의 현상이었다.

아무런 방해도 없는 상황에서 광검해가 완성되었다.

차근차근 봉인의 중심지로 갈 생각은 없다. 강철의 왕 때는 그랬다가 아테인이 마련해 둔 방어 장치들이 작동하는 바람에 낭패를 겪었다.

이번에는 저격한다.

봉인을 지키고 있는 마법적 장치들이 기능하기도 전에 한 방에 심부까지 꿰뚫어 버린다.

표적이 땅속 싶은 곳에 있다는 점을 고려하면 말도 안 되는 발상이다. 하지만 아젤이라면, 그리고 거기에 라우라의 힘이 더해진다면 충분히 가능했다.

비탄의 잔을 든 채로 정신을 집중하던 라우라가 말했다.

"찾았어."

그녀가 땅속 깊숙한 곳에 존재하는 봉인을 찾아냈다.

언제라도 광검해를 발사할 준비를 한 채로 아젤이 말했다.

"길을 열 수 있겠어?"

"미안해. 중간까지밖에 안 될 것 같아."

아젤이 요구한 것은 봉인까지 일직선으로 통하는 눈물의

길을 여는 것이다.

하지만 라우라는 불가능하다고 판단했다. 아테인이 마련해 둔 방어 마법이 너무 강력해서 비탄의 잔으로 일으키는 공간왜곡조차 차단해 버린다.

"한 가지 더 사과할게."

"…무슨 문제가 일어났는데?"

"방어 마법이 깨어나기 시작했어. 공간왜곡으로 건드리자마자……."

"곧바로 친다."

아젤은 개의치 않았다.

예상 못한 사태는 아니다. 라우라가 마법으로 그 존재를 탐지하고 분석하는 것을 아테인의 방어 마법이 무반응으로 넘길 거라고 여기지 않았으니까.

"방어 마법이 있는 지점까지 지하 270미터."

도대체 어떻게 거기까지 들어갔는지 궁금할 정도로 까마득한 깊이였다. 심지어 봉인은 그보다 더 깊숙한 지점에 있을 것 아닌가?

라우라가 굳은 표정으로 말했다.

"봉인의 정확한 위치는 포착할 수 없어."

"상관없어. 방어부터 걷어낸다. 그쪽이 더 위험하니까."

라우라가 고개를 끄덕였다. 그녀가 물러나는 것과 동시에 땅의 모습이 일그러지면서 지하 깊숙한 곳으로 통하는 커다

란 공간왜곡장의 구멍이 입을 열었다. 그리고…….

순백의 섬광이 하늘과 땅을 이으면서 불타올랐다.

6

세 사람이 먼 곳의 하늘을 날고 있었다. 커다란 날개를 지닌 새하얀 불길로 이루어진 새가 그들을 태우고 높디높은 창공을 비행한다.

"저건……."

저 멀리, 아직 아득하게 먼 곳의 하늘이 갈가리 찢어지며 불타오르고 있었다. 자연현상으로는 설명할 수 없는 폭풍을 능가하는 압도적인 힘의 분출이었다.

"흠. 처음 보는 현상이군. 하지만 왠지 본 적이 있는 것 같은데……."

"기시감인가? 하지만 분명히 본 적이 있는 것을 그런 식으로 말하다니 이상하군."

그 옆에 있던 목소리가 끼어들었다. 처음의 목소리가 대답했다.

"본 적이 있는 일인가? 그렇군. 어쨌거나 내가 모르는 일이 저 안에서 벌어지고 있어. 아주 흥미로운 일이야. 빨리 가서 보고 싶군."

"좋아하고 있을 때가 아닌 것 같은데. 저걸 보니 아무래도

한발 늦은 게 확실해."

"어쩔 수 없지. 감수해야 할 피해였으니까."

"지나치게 태평한 것 아닌가?"

"어쩔 수 없는 일은 어쩔 수 없으니까."

"그런 점은 여전하군."

"흠. 여전한가? 그건 기쁜 일이군. 이후에도 여전할지는 모르겠지만……."

처음의 목소리는 웃었다. 그 웃음소리는 흰 불꽃의 새가 날갯짓하는 소리에 묻혀 아득한 창공으로 흩어져 갔다.

7

아젤이 하늘을 가르는 검으로 구현하는 광검해는 극멸이라 불리는 궁극의 파괴 현상을 일으킨다.

하지만 최상의 컨디션으로 광검해를 펼친다고 해서 반드시 극멸을 일으킬 수 있는 것은 아니다. 극멸을 일으키는 것은 여러 가지 까다로운 조건이 필요했고 광검해를 특정한 지점으로 집중시켜서 막대한 압력을 발생시켜야 하는 것은 필수였다.

아젤이 혀를 찼다.

"실패로군. 젠장."

극멸을 일으키는 데 실패한 게 아니다. 표적을 제거하는 데

실패했다.

표적이 깊숙한 지하에 있다는 게 문제였다. 벨런처럼 산 안에 있다면 차라리 산을 날려 버릴 생각으로 광검해의 힘이 퍼져 나가도록 방치해서 대폭발을 일으켰을 텐데…….

무엇이 있는지도 모르는 깊숙한 지하에서 그런 폭발을 일으켰다가는 대재앙이 일어날 수도 있다. 운이 좋을 경우 이 근방이 지진에 휘말리는 정도로 끝나겠지만, 운이 나쁘다면?

그 지진이 서부 국경수비대가 있는 곳까지 강타하거나, 서부 해안에서 해일이 일어나거나, 화산이 분화할 수도 있었다.

지상에서 동일한 규모의 폭발을 일으키는 것과는 위험도가 다르다. 그렇기에 아젤도 힘을 한데로 모아서 극멸로 마무리할 수밖에 없었다.

문제는 광검해로 일으키는 극멸은 거기에 잡히는 모든 것을 없애 버리지만, 그 규모가 크지는 않다는 점이다.

아테인의 방어 마법은 일부가 소멸했을 뿐 곧바로 활동을 개시하고 있었다.

땅속으로부터 어마어마한 마력이 밀려오는 것을 느낀 카이렌이 말했다.

"좋게 생각하지. 우리도 여기까지 헛걸음하지는 않았으니."

"그냥 헛걸음하는 편이 나았을 텐데."

레티시아가 투덜거렸다.

—용혼 개방!

그녀는 주저없이 용혼을 일깨웠다. 청백색 용의 환영이 나타나면서 주변의 기온이 급강하하기 시작했다.

카이렌도 용혼을 일깨우자 광풍이 휘몰아친다. 두 사람은 그대로 서로 반대편으로 물러났다.

아리에타가 말했다.

"설명은 들었지만 정말 어마어마하군. 빠르게 끝내기 힘들겠는데……."

문제는 일행이 장시간 싸울 여건이 못 된다는 것이다.

지난번의 일로 보건대 알마릭이나 아인세라가 위대한 어둠의 기둥에 대해서 잘 아는 것 같지는 않다. 하지만 지난번의 일로 이변을 알아차렸을 가능성도 배제할 수 없었다.

일행으로서는 최악의 상황을 가정하고 싸워야 한다. 최대한 빠르게 봉인을 소멸시키고 이탈할 필요가 있었다.

탐지 마법에 집중하고 있던 유렌이 말했다.

"봉인의 위치 파악 끝. 아젤, 안 좋아."

"봉인이 깨졌나?"

"정답. 그런데 좋은 소식도 있어."

"뭐지?"

"당신이 말한 대로 방어 마법 일부가 봉인에서 풀려난 존재를 공격하기 시작했거든."

아테인이 준비한 방어 마법은 어디까지나 봉인을 지키기

위한 것이다. 당연히 봉인에서 풀려난 존재를 다시 봉인하는 역할도 있었다.

"좋은 소식이군. 수목의 신께서 세상물정 파악하시기 전에 끝내자고."

—용마기 초래! 지룡의 사슬!

아젤이 용마기를 초래했다. 그러자 새카만 재질로 이루어진 거대한 사슬이 모습을 드러냈다.

그것은 용마전쟁 당시 레이거스의 혼쇄의 인과 맞상대할 수 있었던 능력을 지닌 유일한 용마기였다. 마치 지룡처럼 의지만으로 대지를 자유자재로 움직일 수 있는 능력을 가졌다.

촤르르륵!

아젤의 손에 잡힌 지룡의 사슬이 춤춘다. 두께가 사람 손가락의 세 배는 굵직한 검은 사슬이 수백 미터 길이까지 늘어나면서 하늘로 날아올랐다. 그리고…….

쿠르르릉!

포물선을 그리면서 땅의 한 지점을 강타, 주변을 뒤흔들며 안으로 파고들어갔다.

지룡의 사슬은 마치 지룡처럼 대지 안을 자유자재로 헤집을 수 있었다. 방어 마법이 불러낸 괴물들이 지상으로 나올 수 있는 동시에, 아군이 그들을 공격할 수 있는 통로를 만드는 것도 가능하다.

곧 땅에 뚫린 커다란 구멍을 통해 어둠이 쏟아져 나오기 시

작했다.

어마어마한 마력이 실린 그 마력 속에서 괴물의 형상이 나타나기 시작한다. 일행이 어디선가 보았던, 혹은 한 번도 본 적 없는 괴물의 존재들이.

아젤이 말했다.

"자, 간다."

그 말을 시작으로 미지의 괴물들과 일행의 전투가 시작되었다.

8

아테인에게 패한 불멸자들은 하나같이 세상의 이치를 초월해 극단적인 권능을 손에 넣은 자들이었다. 그들은 자신이 손에 넣은 힘이 세상을 바꾸기 위한 것이라고 믿었다.

분명 지금의 세상은 잘못되었다. 내게 주어진 힘으로 세상을 올바른 모습으로 바꿔야 한다.

죽음의 왕은 살아 있는 모든 존재를 불사체로 바꿈으로써 더 이상 생로병사의 이치가 없는 세상을 만들고자 했다.

강철의 왕은 살아 있는 모든 존재를 금속으로 바꾸어 죽음이나 쇠락을 두려워하지 않는 불멸로 이끌고자 했다.

그리고…….

'평화롭게 만들어야 한다.'

수목의 신은 전쟁 없는 평화로운 세상을 바랐다.

인간의 발길이 닿지 않은 자연이 평화로운가?

아니다.

자연의 모든 존재는 치열하게 싸우며 살아간다. 하루라도 더 살아가기 위해, 자신의 존재를 유지하고 후손을 남기기 위해.

동물이든 식물이든 마찬가지다. 벌레들도 미생물들조차도 그러한 법칙에 충실하게 살아가고 있었다.

그런데 과연 온 세상을 수목으로 뒤덮어버리는 것이 평화를 가져오는 행동일까?

적어도 수목의 신은 그렇다고 믿었다.

자연계의 많은 존재 중에 지혜를 지닌 존재는 많지 않았다. 인간과 용마족을 제외한 나머지의 수는 극히 적다. 그리고 그들이 세상을 어지럽히는 원흉이었다.

강한 욕망과 지혜가 결합하면서 온갖 불합리한 일이 일어났다.

인간은 불합리한 일을 상상할 수 있고, 행할 수 있으며, 그리고 느낄 수 있었다.

다른 종의 터전을 파괴하면서 문명을 쌓아올리고, 마법으로 법칙을 왜곡시키고, 태곳적부터 자연계에 설정되어 있었던 관계마저도 바꿔 버린다. 이를테면 인간과 용의 관계처럼.

압도적인 탐욕과 그것을 실천할 수 있는 지혜 양쪽을 지닌

그들은 종국에는 세상을 파괴할 것이다. 그러니 그들을 개체의 욕망 대신 조화와 평온을 사랑하는 수목으로 바꾼다. 그러면 모두가 자연의 섭리 안에서 평화로워질 것이다.

'아테인…….'

수목의 신은 자신을 쓰러뜨렸던 존재를 떠올렸다.

봉인되었던 시간은 기나긴 꿈을 꾸는 것 같았다. 위대한 어둠의 일부가 되어 있는 동안 그 속에 흐르는 온갖 의념의 파편들이 의식을 스쳐 갔다.

너무나도 안온한 잠이었다.

열망도, 치욕도, 분노도 모두 잊어버릴 수밖에 없는 잠이었기에 깨어나야 한다는 의지를 갖지 못했다. 그렇기에 그곳에서 긴 세월 동안 잠들어 있었다.

그 사실을 깨닫자 불같은 분노가 치솟았다.

구구구구구!

대지가 진동한다.

지상에 있는 수목들이 그의 의지에 호응했다. 나무들의 생장이 수천 배 이상 가속하면서 동물보다도 빠르게, 그리고 강하게 움직였다.

지상에서 지하로 뚫린 커다란 구멍을 통해서 수목의 신이 지상으로 올라갔다. 바로 그 순간이었다.

꽈과과광!

시퍼런 벼락의 검이 그를 관통했다. 한순간에 지상에 흉측

한 상처자국을 남기면서 저 멀리까지 내달려 가는 압도적인 뇌격이다. 그의 몸이 산산이 부서져서 흩어졌다.

그러나 의미 없는 일이었다.

—누구냐?

수목의 신이 자신을 공격한 자를 향해 물었다. 붉은 머리칼을 휘날리는 인간 청년이 뇌광을 휘감은 푸른 검을 들고 자신을 노려보고 있었다.

"젠장. 수목의 신이라더니 몸이 부서져도 아무렇지도 않은 건가?"

붉은 머리의 청년, 아젤이 중얼거렸다.

수목의 신의 몸은 어이없을 정도로 쉽게 부서졌다. 하지만 곧바로 사방에서 나무뿌리들이 모여들더니 한데 엉켜 그의 몸으로 화했다.

그는 인간의 실루엣을 가진 나무였다. 전신이 나무로 이루어졌고 그 위로 많은 잔가지와 잎사귀들, 그리고 수풀과 이끼 등이 달라붙은 기괴한 형상이었다.

유렌이 중얼거렸다.

"미리 나무들을 치워두길 잘한 것 같은데."

"헛수고가 아니었다니 다행이군."

레티시아가 지친 기색으로 말했다.

원래 이곳은 온통 나무가 우거진 숲이었다. 하지만 반경 수킬로미터가 지진과 폭풍이 휩쓸고 지나간 듯 난장판이 되어

있었다.

아젤 일행이 한 일이다. 아테인의 방어 마법이 불러낸 괴물들과 싸우는 한편 일부러 주변을 초토화시킨 것이다.

수목의 신은 모든 수목을 자유자재로 조종하는 능력을 지녔다. 따라서 주변에 수목이 많은 숲 속은 그의 힘이 최대한으로 발휘되는 장소였다.

수목의 신이 고개를 갸웃한다.

—아테인이 아니군?

그는 성대 대신 정신파로 뜻을 전해왔다. 그가 주변을 둘러보더니 말했다.

—넌 뭐지? 도망치는 놈들은 뭐고?

아젤은 수목의 신과 50미터 정도 거리를 두고 대치하고 있었다.

그리고 동료들은, 그가 아젤의 공격을 맞은 다음 재생하는 것을 본 순간부터 빠르게 달아나고 있었다. 당장 등 뒤에서 괴물이 아가리를 벌리고 쫓아오기라도 하는 것 같은 태도였다.

아젤이 투덜거렸다.

"조금만 더 늦게 나왔으면 나오자마자 끝장내 줄 수 있었는데… 번거롭게 하기는."

아테인의 방어 마법과 싸우느라 때를 맞춰서 광검해를 준비하지 못했다. 하지만 그들과의 싸움을 이용해서 숲을 뒤집

어없어서 수목의 신이 당장 이용할 초목을 없애는 데는 성공했다.

수목의 신이 말했다.

—영리하군. 아테인과 관련이 있는 자인가? 나에 대해서 알고 있는 것 같구나.

아젤은 대답하지 않았다. 수목의 신에게 감정을 낭비할 생각이 없었다.

최대한 빨리 파괴하고 이탈한다. 그것을 위해 감각을 집중했다.

'그렇군. 본체가 없는 것은 아니야.'

수목의 신은 방금 전에 몸이 완전히 파괴당했는데도 근처의 수목을 새로운 몸으로 삼아서 재생했다.

이것은 아젤에게 경각심을 심어주었다. 극멸이라는 수단이 있다고 하더라도, 어딜 파괴해야 할지 알 수 없다면 그를 쓰러뜨릴 수 없기 때문이다. 만약 급소에 해당하는 부분이 없는 존재라면 최악이다.

하지만 정신을 집중해서 보니 그의 핵이라고 할 수 있는 부분을 찾아낼 수 있었다.

그것은 마치 혈관 속을 이동하는 피 같았다. 아주 작은 힘의 정수 몇 개가 몸 안을 고속으로 이동한다.

'죽일 수 있다.'

조금 전에 몸을 파괴했을 때, 조각조각난 부분으로 핵을 이

동시켜 두고 거기에 주변에 남아 있던 수목을 불러들여서 몸을 재구축했으리라. 그 과정을 파악하자 죽일 수 있다는 확신을 얻을 수 있었다.

—용마기 초래! 불굴의 성채! 지룡의 사슬! 격랑의 주인!

연속적으로 용마기를 초래하는 아젤의 몸이 수십 개로 분화했다. 그림자의 춤으로 구현된 실체 있는 분신들이 아젤과 똑같은 모습으로 허공을 질주한다.

수목의 신이 고개를 갸우뚱했다.

—흥미로운 재주군. 인간이 이런 일도 할 수 있나?

인카네이션을 쓸 수 있는 아테인과 싸웠으면서 이것을 신기해하는 것으로 보면 아무래도 꽤나 오래전에 봉인된 모양이다. 아직 아테인이 인카네이션을 쓸 수 없던 시절에, 혹은 인카네이션이라는 기술이 탄생하기 전에 싸웠으리라.

쿠쿠쿠쿠쿠!

지룡의 사슬이 대지를 뒤집어엎었다. 대량의 토사가 사방을 포위한 채 해일처럼 수목의 신을 덮쳤다.

—이까짓… 장… 나, 나나나난……?

수목의 신이 발하는 정신파가 흐트러졌다. 갑자기 눈앞의 풍경이 일그러지면서 무시무시한 압력이 그를 뒤흔들었기 때문이다. 마치 몸과 정신 양쪽이 파도가 격한 바다에 빠진 채 정신없이 흔들리는 것 같았다.

용마기 격랑의 주인이 발한 공격이었다. 이 용마기가 일으

키는 '격랑' 은 몸이 부서질 것 같은 물리적 압력과 사고와 마력의 흐름 자체를 날려 버리는 영적 압력이 공존한다.

그리고 토사 위쪽으로 솟아오른 아젤이 하늘을 가리키며 말했다.

"이건 알고 있는지 모르겠군."

실로 의미심장한 행동에 수목의 신이 하늘 위를 바라보았다. 그의 눈이 크게 떠졌다.

하늘의 일부가 기괴하게 일그러져 있었다. 마치 그곳에 거대한 물방울이 떠 있는 것 같은 광경이다.

—뭐지?

"반응을 보니 아는 게 하나도 없군. 곧 몸으로 알게 될 거야."

코웃음을 친 아젤의 모습이 빛으로 화해 사라졌다. 분신이었던 것이다.

그리고…….

콰아아아아아아!

부유하던 거대한 공간왜곡장이 변형하면서, 하늘로부터 모아들인 태양빛이 피할 수 없는 철퇴가 되어 수목의 신에게 내리꽂혔다.

9

일순간 세상 전부가 불타오르는 것 같았다.

하늘에서 섬광이 내리꽂힌 시간은 불과 3초가량. 하지만 그 파괴력은 상상을 초월했다. 폭심지에서 발생한 열파가 반경 수 킬로미터를 휩쓸면서 그 안에 있던 모든 것이 불타 사라졌다. 그리고 열파가 그보다 훨씬 먼 곳까지 내달리면서 숲을 뒤흔들었다.

아마 이 순간 굉음과 진동, 열풍이 저 멀리 위치한 서부 국경 요새까지 도달했으리라.

아젤과 수목의 신이 대치하는 순간부터 전력으로 달아나던 일행도 그 여파에서 자유롭지 못했다. 라우라가 공간왜곡장으로 모두를 감싸지 않았더라면 어떻게 되었을까?

"세상에……."

라우라는 자기가 한 일에 기가 질려 버렸다.

저 대파괴의 정체는 하늘의 눈물을 담는 잔이었다.

처음 계획한 방식으로 끝을 내지 못할 경우, 수목의 신에게 결정적인 타격을 줘서 광검해를 완성할 여유를 벌어야 한다. 그렇기에 미리 하늘의 눈물을 담는 잔을 준비해 두었다.

전에 적들의 추격을 받을 때 이후로는 숙련도를 높이기 위해서 소규모로만 실험 삼아 써본 기술이었다. 대낮, 그리고 맑은 하늘이라는 최적의 기상에서 충분한 위력을 발휘해 본 것은 이번이 처음이다.

결과는 얼굴에서 핏기가 가실 정도다.

"…왜 아젤이 절대 놈들에게 비탄의 잔을 넘겨줘서는 안 된다고 생각하는지, 새삼 납득이 가는군."

카이렌이 떨리는 목소리로 말했다.

라우라뿐만 아니라 동료들 모두가 라우라가 행한 대파괴의 이적에 질려 버렸다. 저런 공격을 대군의 한복판에다 날린다면 그것만으로도 수천 단위의 병력을 몰살시킬 수 있으리라. 도심 한복판에 떨어뜨린다면… 그 결과는 상상하기도 싫을 정도다.

더 무서운 것은, 라우라는 하늘의 눈물을 담는 잔을 최대위력으로 사용한 것이 아니라는 점이다.

좀 더 시간을 들인다면, 그리고 한곳에 집중하기보다 광대한 규모의 파괴력을 구현하고자 한다면 지금의 몇 배 이상의 파괴력을 구현할 수도 있었다.

우우우우우!

끓어오르는 열기 속에서 섬광이 치솟는다. 하늘의 눈물을 담는 잔으로 발한 섬광의 파편들이 몇몇 지점으로 모여들더니 허공을 질주하는 무수한 빛의 궤적으로 화했다.

아젤이다. 하늘을 가르는 검으로 광검해를 일으키려고 하는 것이다.

"불굴의 성채만 있으면 저 정도는 거뜬히 버텨낸다 이건가?"

레티시아가 혀를 내둘렀다.

일행이 도주를 시작했을 때도 아젤은 수목의 신의 실체를 파악하기 위해 수목의 신 앞에 남아 있었다. 그리고 공격을 개시한 시점에서는 분신만을 남겨둔 채로 폭풍용의 날개를 써서 천공으로 비상했다.

지상에 있는 것보다는 안전했겠지만 그래도 폭발의 여파에서 자유롭지는 못했으리라. 하지만 용마기 불굴의 성채는 아젤을 완벽하게 지켜냈다.

레티시아가 말했다.

"그럼 우리도 다시 접근하지. 내가 앞장서겠다."

쉬이이이익!

그녀의 영혼이 꿈틀거리며 냉기의 파동을 사방으로 쏟아냈다. 용암처럼 끓어오르던 열기가 순식간에 식으면서 일행이 앞으로 나아갔다.

그때였다. 문득 유렌이 눈을 크게 떴다.

"어?"

"왜 그러지?"

카이렌이 의아해하며 그를 돌아보았다. 그리고 그의 표정을 본 다음에는 의아함이 더 커졌다.

"유렌?"

유렌의 얼굴이 창백하게 질려 있었다.

이상한 일이다. 일행 모두가 주변을 경계하고 있는데도 다들 아무런 위험을 느끼지 못하고 있었다.

아젤이 광검해를 준비하고 있는 것은, 하늘의 눈물을 담는 잔으로 치명적인 타격을 입은 수목의 신을 포착했기 때문일 것이다. 위치를 파악한 이상 수목의 신이 회복하기 전에 광검해를 작렬시켜 극멸을 일으키기만 하면 끝난다.

그런데 왜 유렌이 이런 표정을 짓고 있는 것일까? 심지어 유렌은 긴장을 넘어서 두려워하고 있는 것 같았다.

"아, 안 돼……."

"유렌? 무슨 일인지 설명해라."

"아젤! 도망쳐!"

침착하게 묻는 카이렌의 목소리는 유렌에게 닿지 않았다. 유렌은 일행과 만난 후로 한 번도 보여준 적 없는 패닉에 빠져 있었다.

"아젤!"

유렌이 정신없이 마법으로 아젤과 통신을 시도했다. 하지만 안 된다. 하늘의 눈물을 담는 잔이 작렬한 여파로 근방의 마력 흐름이 완전히 헝클어져 있었다.

유렌은 당장에라도 졸도할 것 같은 표정으로 라우라의 어깨를 잡았다. 다급한 목소리가 흘러나왔다.

"라우라! 당장 공간왜곡장으로 아젤을 구해! 그게 아니면 저 앞으로 나를 날려 주기라도 해줘!"

"잠깐. 침착……."

당황한 라우라의 말은 끝까지 이어지지 못했다.

다음 순간, 하늘을 갈가리 찢어발기며 질주하던 빛이 멈춰 버렸다.

꽈과과광!

뇌광이 폭발하며 천둥소리가 주변을 뒤흔들었다. 그리고…….

"아젤!"

흩어지는 빛 속에서, 아젤이 연기를 뿌리며 추락하기 시작했다.

10

라우라는 앞뒤 가리지 않고 전력으로 공간왜곡장을 펼쳤다. 그녀의 몸이 한순간에 1킬로미터 이상의 거리를 뛰어넘는다. 쉬지 않고 재차 공간왜곡장을 펼치면서 아젤에게 접근, 마지막에는 그를 공간왜곡장으로 자신의 앞으로 끌어오면서 동시에 또 다른 기술을 전개했다.

—비탄의 미궁!

공간이 물결치면서 마치 무수한 유리면을 이어 붙여서 만든 것처럼 기이하게 왜곡된 풍경이 주변을 감싼다. 비탄의 잔 사용자에게 절대적으로 유리한 전장을 형성하는 기술이었다.

쩌엉!

그런데 그 공간이 완성되려는 순간, 마치 유리가 깨지는 듯 맑은 소리가 울렸다.

라우라가 눈을 크게 떴다. 비탄의 미궁이 깨져 나가기 시작했던 것이다.

'어떻게?'

이런 일은 처음이었다. 아젤이 비탄의 미궁을 깨뜨린 적이 있기는 하지만 그것은 하늘을 가르는 검의 특성 때문이지 공간왜곡장 자체를 파해한 것은 아니다.

그런데 지금, 누군가 마법으로 비탄의 잔의 공간지배력에 간섭했다. 그리고 완성 직전의 비탄의 미궁을 와해시키는 데 성공했다.

'형성 지점에 서로 어긋나는 공간왜곡장을 끼워 넣었어.'

라우라의 비탄의 미궁 그 자체에 간섭한 것이 아니다. 비탄의 미궁이 완성되는 과정을 미리 읽고 그사이에 다른 공간왜곡장을 겹치게 끼워 넣어서 완성되는 것을 막아버렸다.

'피해야 해.'

라우라는 즉시 그런 판단을 내렸다.

예전에는 비탄의 미궁을 펼치는 동안에는 공간왜곡장을 펼칠 수 없었다. 하지만 실력이 월등히 향상된 지금에는 비탄의 잔에 내재된 수많은 공간왜곡장 관련 기술을 동시다발적으로 펼쳐내는 것이 가능해졌다.

라우라가 무한의 광야를 펼치면서 동시에 후방으로 이동

하려는 순간이었다.

쩌엉!

또다시 누군가의 간섭으로 무한의 광야가 깨져 나갔다.

'말도 안 되는 능력! 대체 누가?'

라우라는 전율했다.

아마도 그녀는 현존하는 최고의 마법사 중에 하나일 것이다.

아젤 일행과 합류한 후로 그녀의 능력은 급격히 발전했다. 주로 비탄의 잔의 활용 기술 면에서였지만 아발탄의 숲에서 그곳의 마법사들과 교류하고, 칼로스의 마법서를 받은 후로는 마법사로서도 확실한 성장을 이루었다.

지금이라면, 전투 능력이 아니라 순수하게 마법사로서의 기량만 따져도 어둠의 설원에 있는 용마전쟁의 생존자들을 능가했다는 확신이 있었다. 아젤도 그녀의 생각에 동의해 주었다.

그런데 지금 그녀의 공간왜곡장을 깬 상대의 실력에 소름이 돋는다.

너무나도 세련된 마력 운용이었다. 마법사로서 단 한 번이라도 저런 운용을 해보고 싶다고 생각할 정도로 일체의 낭비가 없는, 효율성의 극한에 도달한 기술이다.

'날 보고 있어.'

무한의 광야는 깨졌지만, 동시에 사용한 공간 도약에는 성

공했다. 하지만 1킬로미터 가까이 떨어진 지점으로 이동했는데도 곧바로 상대의 시선이 자신에게 와 닿는 것을 감지할 수 있었다.

다음 순간 벌어질 일에 라우라는 오싹해졌다. 막을 수 없다. 상대는 자신의 이동 지점, 타이밍을 완벽하게 파악하고 있었고 공격을 준비하고 있었으리라.

아무리 빨리 대응해도 늦는다.

'아젤이라도……!'

품에 안은 아젤이라도 지켜야 한다. 그녀가 그런 생각으로 마법을 펼치려고 할 때였다.

〈촌스러운 짓은 이쯤 해두지, 우리?〉

기억에 있는 목소리가 들려왔다.

"레이거스 공?"

〈알아봐주니 고맙군, 아가씨.〉

먼 곳에서 레이거스가 낙하하고 있었다. 높은 하늘에서 뛰어내린 것이다.

쿠우우우웅!

그가 지상에 내려서자 폭음이 울리며 지면이 뒤집어졌다. 그는 자신으로 인해 형성된 구덩이 속에서 아무런 타격도 받지 않은 모습으로 어슬렁거리며 걸어 나왔다.

그 뒤를 따라서 두 사람이 하늘에서 내려온다. 레이거스와는 달리 서서히 하강해 오고 있었다.

"알마릭 공……."

라우라가 신음처럼 중얼거렸다.

한 사람은 알마릭이었다. 그가 한쪽밖에 남지 않은 붉은 눈동자로 그녀를 바라보고 있었다.

그 옆에 있는 것은 정체를 알 수 없는 존재였다.

새카만 코트를 두르고, 후드를 눌러썼는데 그 아래로 마법적인 힘이 작용하는 어둠이 장막처럼 드리워져서 얼굴을 알아보는 것을 막는다. 라우라의 눈으로도 꿰뚫어 볼 수 없는 어둠이었다.

어둠 너머에서 차분한 목소리가 흘러나온다.

"죽일 생각은 없었다만."

'뭐지?'

라우라가 경악했다.

목소리의 성향을 알 수가 없었다. 처음에 들었을 때는 차분하다고 생각했는데 곧 정말 그랬는지 혼란스러워진다. 심지어 남성의 목소리인지 여성의 목소리인지, 고음인지 저음인지조차 전혀 알 수가 없었다.

'내 인식을 흐리고 있어. 이럴 수가.'

얼굴을 가리는 것뿐만 아니라 목소리를 정확히 인식하는 것조차 막고 있다. 고위 마법사인 라우라를 상대로 그런 일이 가능하단 말인가?

레이거스가 말했다.

〈촌스러운 것은 마찬가지지. 수백 년의 시간을 뛰어넘어 만든 극적인 무대를 저격 따위로 망치다니. 미학이 부족해.〉

"미안하군. 상황이 다급해서 어쩔 수 없었다."

〈어쩔 수 없는 희생이라더니?〉

"하지만 막을 수 있는데 막지 않는 것도 우습지 않은가?"

〈다른 방식도 있었을… 에이, 내가 말을 말지.〉

레이거스가 짜증을 냈다. 그러자 상대가 난처한 듯 말한다.

"네 미학을 존중하지 못한 것을 사과하지. 전에도 비슷한 일이 있었던 것 같군. 앞으로는 주의할 테니 용서해 주지 않겠나?"

〈한심한 소리를 하기는…….〉

레이거스는 구시렁거리면서 옆에 있던 바위를 걷어찼다. 굉음이 울리며 바위가 산산조각 나서 흩어졌다.

그러는 동안 다른 일행들이 도착했다. 다들 굳은 표정으로 세 명의 적을 응시하고 있었다. 그중에서도 유렌은 당장에라도 쓰러질 것처럼 창백한 안색으로 몸을 가늘게 떨었다.

후드의 존재가 카이렌과 레티시아를, 정확히는 둘의 용혼을 보며 호기심을 드러냈다.

"그건 뭐지?"

"라우라, 아젤은?"

카이렌은 그의 물음을 무시하고 물었다. 얼어 있던 라우라

가 퍼뜩 정신을 차렸다.

"숨은 붙어 있어."

그녀는 재빨리 아젤의 상태를 살폈다.

몸이 뭔가에 관통당했다. 아마 손가락보다 작은 무언가였으리라.

다행히 심장이 꿰뚫리는 것은 피했다. 그 후에 직격한 뇌격으로 인한 부상도 생각보다 경미하다.

하지만 그렇다고 상태가 좋다는 의미는 아니다.

'단순히 육체만 꿰뚫은 것이 아니야.'

아젤의 몸을 관통한 것은 강력한 저주의 힘이 깃든 마법의 산물이다. 관통과 동시에 영맥을 침식해서 아젤이 마력을 제대로 제어할 수 없도록 만들고 있었다.

위험하다. 고위 스피릿 오더 수련자인 아젤은 곧 죽을 것 같은 상황에서도 몸 상태를 섬세하게 제어할 수 있지만, 그것은 어디까지나 마력에 의존하는 기술이다. 지금 상태에서 더 충격을 받는다면 그대로 숨이 끊어져도 이상하지 않았다.

후드의 존재가 말했다.

"죽일 생각은 아니었기 때문에 급소는 피했다. 불안하다면 응급처치를 해라. 그 정도는 허락하지."

"네놈은 누구냐?"

카이렌이 그를 쏘아보며 물었다.

오만하기 짝이 없는 말이다. 마치 일행의 운명을 손바닥 위

에 올려놓은 것 같은 태도가 아닌가?

'아젤이 당한 것은 광검해에 완전히 집중하고 있던 상태에서 불시의 저격을 받았기 때문일 터. 하지만 아무리 의식이 한곳에 쏠렸다고 해도 아젤이 장거리 저격을 눈치채지 못하고 맞다니 대체 무슨 수를 쓴 거지?'

카이렌은 냉정하게 상황을 파악하려고 애썼다. 동시에 칼로스에게 받은 지팡이의 힘으로 수호그림자를 불러들였다. 아마 사방에서 수백, 수천의 수호그림자가 이곳으로 몰려들고 있을 것이다.

'도착하기까지는 앞으로 10분은 걸린다. 젠장. 시간을 끌 수 있다면…….'

최대한 빠르게 끝내고 이탈할 생각이었고, 동시에 공허의 길 거점을 공격해서 적의 이목을 흐릴 의도였기 때문에 수호그림자들을 근처에 대기시켜 두지 않았다. 그런 상황에서 완전히 허를 찔린 셈이다.

"난 당신이 누구인지 알아."

그때 문득 유렌이 입을 열었다. 덜덜 떨려나오는 목소리에 다들 그를 바라보았다.

그러자 후드의 존재가 고개를 갸웃했다.

"음? 나를 안다고? 그대는 누구지?"

"유렌 리제스터."

"아젤 카르자크의 동료고 용마왕 숭배자 조직의 배신자.

그의 성장 배경을 생각하면 마법사로서의 기량이 이해할 수 없을 정도로 높다. 마족을 불러내서 합신하는 비상식적인 비술을 사용한다…….”

“…….”

후드의 존재가 이름을 듣자마자 술술 읊은 정보에 유렌이 흠칫했다. 후드의 존재가 물었다.

“맞나?”

“맞기는 한데…….”

“마족과의 합신을 실제로 구현한 자가 있다니 아주 놀랍군. 그것도 젊은 인간이라… 스승이 뛰어난 사람이었나?”

“…….”

“흠. 이런 것을 물어볼 때가 아니었나? 일단 하던 이야기부터 끝내도록 하지. 나를 안다고 했나?”

“그래.”

유렌이 식은땀을 흘리며 고개를 끄덕였다.

일행은 그러 그를 보며 다들 의아해하고 있었다. 물론 긴장되고 두려운 상황이기는 하다. 아젤이 불시의 기습을 받아서 중태에 빠진데다가 알마릭과 레이거스가 한 자리에 모였다. 그리고 그들과 동등한 존재감을 보이는 정체불명의 존재도 함께 있다.

하지만 유렌이 보이는 두려움은 그런 상황과는 별개의 것으로 보였다.

후드의 존재가 흥미로워하며 물었다.

"내가 누구지? 말해봐라."

"당신은……."

유렌은 심호흡을 한 번 하고는 말했다.

"용마왕 아테인이야."

CHAPTER 41

전설의 재래(再來) II

魔展龍劍

1

케이알리아는 시공간의 제약을 벗어난 존재다.

그녀는 원한다면 어디에나 있을 수 있고 다른 곳으로 이동하는 데도 아무런 제약을 받지 않는다. 그것은 아테인조차도 할 수 없었던 일이다.

그것은 케이알리아가 이 세계에 속한 실체가 아님을 증명한다.

그녀가 속한 세계는 위대한 어둠이다. 이 세계에서 벗어난 지점에서 이 세계를 바라보고 자신을 투영한다. 그렇기에 그저 시선을 옮기는 것만으로도 어디에나 나타날 수 있고 어디에나 개입할 수 있다.

그러니 레이거스의 곁에 있다 사라진 그녀가 다음 순간에는 용마궁 한복판에 나타난 것도 전혀 이상한 일이 아니다.

—오랜만이에요, 언니.

“케이알리아. 이 시대로 귀환했다는 소식은 들었소.”

자신의 방에 있던 아인세라는 갑자기 나타난 케이알리아를 보고도 놀라는 기색이 없었다. 그녀는 케이알리아가 레이거스에 의해 깨어나는 그 순간부터 그 사실을 알고 있었다.

오히려 당혹감을 드러낸 쪽은 케이알리아였다. 마치 생물이 아닌 것처럼 무감동한 눈으로 자신을 바라보는 아인세라는 그녀가 기억하고 있는 것과는 너무나도 달라 보였다.

—…….

“귀환을 환영하오. 이제 왕의 대업이 시작될 순간이 다가오고 있구려.”

아인세라는 개의치 않고 우아하고 무감동한 목소리로 말한다. 그런 그녀를 보면서 케이알리아는 지독한 이질감을 느꼈다.

—알고는 있었지만 직접 보니 정말… 소름이 끼치네요.

“무엇이 말이오?”

—언니의 태도가.

과거 아인세라는 케이알리아를 끔찍하게 싫어했다. 공식 석상에서도 적의를 숨기지 않았을 정도였다.

이유는 간단했다. 아인세라는 사랑에 빠진 소녀 같은 사람

이었고 자기 말고 누군가가 아테인의 관심을 받는 것이 괴로웠던 것이다.

당연히 그녀는 둘째 비인 테드린과도 사이가 좋지 않았다. 하지만 케이알리아를 싫어하는 것에 비하면 테드린은 좋아했다고 봐도 될 정도다.

케이알리아의 입장은 특수했다. 그녀는 세 번째 비였지만 동시에 아테인의 맹약자였다. 용마장군들과 마찬가지로 대업을 완수할 동지로서 인정받은 그녀를 아인세라는 미치도록 질투했다.

그런데 지금은 그런 감정의 흔적조차 찾아볼 수 없었다.

"내가 그대를 대했던 과거의 감정에 대해서 이야기하는 것이오?"

—그래요.

"오랜 시간이 흘렀소."

—그런 문제는 아니라고 생각해요.

"그럴지도 모르지."

아인세라는 여전히 무덤덤했다. 그런 그녀의 얼굴에 과거의 기억이 겹쳐진다. 분명히 같은 얼굴이거늘, 세월의 흐름을 느낄 수 없을 정도로 고스란히 예전의 모습을 간직하고 있거늘 어쩌면 이리도 다를 수 있을까?

케이알리아는 한숨을 참으며 말했다.

—좋아요, 언니. 나는 한 가지 궁금한 게 있어서 왔어요.

"그대는 나보다 위대한 어둠에 더 깊숙이 연관된 존재일 터. 그렇다면 현세의 일이 궁금하시오?"

—아니에요. 내가 궁금한 건 왕에 대해서요. 언니는 알고 있죠?

"무엇을 말이오?"

—왕의 목적.

"알고 있소."

순간 케이알리아는 놀랐다. 아인세라가 희미하게 미소 지었기 때문이다. 처음으로 인간적인 감정이 드러나는 순간은 마치 바위에 생명이 깃드는 것 같아서 놀랍기 그지없었다.

케이알리아가 물었죠.

—역시 그랬군요. 레이거스 오빠도, 알마릭 공도 몰랐지만 언니만은 알고 있을 것 같았어요. 말해줘요. 왕은, 이번에는 무엇을 하려는 거죠?

"그분께서는……."

아인세라의 대답을 들은 케이알리아는 아연해졌다.

2

일순 정적이 퍼져 나갔다. 순간 아젤 일행은 다들 자기가 뭘 잘못 들었나 싶어서 유렌을 바라보았다.

"…저자가 아테인이라고?"

유렌은 그의 물음에 대답하지 않았다. 그저 당장에라도 쓰러질 것 같은 기색으로 후드의 존재를 노려볼 뿐이다.

후드의 존재가 말했다.

"흥미로운 인간이로군. 어떻게 알아보았나?"

"……."

다들 숨을 삼켰다.

후드의 존재는, 스스로가 아테인임을 긍정했다.

그가 양손을 후드로 가져갔다. 그리고 천천히 그것을 벗었다.

드러난 얼굴을 본 라우라가 숨을 삼켰다.

"왕……."

자연스럽게 그런 중얼거림이 흘러나왔다. 그럴 수밖에 없었다.

긴 검은 머리칼, 빨려 들어갈 듯 깊고 검푸른 눈동자와 용마석, 새카맣고 굴강한 뿔을 가진 용마족 청년이었다. 마치 옥을 다듬어놓은 듯 수려하지만 눈앞이 아니라 어딘가 먼 곳을 바라보고 있는 듯 공허한 인상을 주는 그의 외모는 어둠의 설원에서 수도 없이 영상과 그림으로 접한 용마왕 아테인 그대로였다.

"그대의 말대로다. 나는 아테인이다."

아테인은 부드럽게 웃으며 말했다.

용마왕 숭배자들이 믿고 의지해 온 예언이 실현되는 순간

이었다.

아테인이 220년 만에 죽음을 초월하여 돌아왔다.

카이렌이 입술을 깨물었다.

"…설마 이미 부활해 있었을 줄은 몰랐군. 아주 제대로 뒤통수를 맞았어."

"그대들이 아니었다면 좀 더 나중에 부활했을 것이다."

"무슨 뜻이지?"

카이렌이 눈살을 찌푸렸다.

마음속으로는 행동을 고민한다. 어떻게든 도주를 시도해야 할까, 아니면 조금이라도 길게 대치하면서 시간을 끄는 게 좋을까?

여기서 승부를 결한다는 선택지는 논외다. 아젤이 멀쩡한 상태라면 모를까, 기습으로 사경을 헤매는 상황에서는 승산이 없다.

'일단은 시간을 끈다.'

수호그림자들이 도착할 때까지 버텨야 한다. 적의 여유에 기대야 한다는 사실에 속이 부글부글 끓어올랐지만 어쩔 수 없었다.

아테인이 말했다.

"그대들이 위대한 어둠의 기둥을 파괴했기에 내 부활이 좀 더 앞당겨졌다는 뜻이다."

"음……."

카이렌이 신음했다.

여러 가지로 해석될 수 있는 말이었다. 위대한 어둠이 위협받자 허겁지겁 깨어났다는 뜻일까, 아니면 그것 자체가 그가 깨어나는 조건으로 계획되어 있었다는 뜻일까?

'전자라면 상태가 불완전할 가능성도 있겠지. 하지만 그렇다 해도 별 의미는 없을 것 같군.'

지금까지 보여준 능력만 봐도 감당하기 버거운 적이다.

기습으로 아젤이 사경을 헤매게 만들어놓은 것은 그렇다 치자. 이건 정말 악마적인 타이밍을 노렸다고밖에 할 수 없다. 그들이 고려한 모든 가능성을 벗어나서 허를 찌른 것이니.

카이렌을 전율하게 만든 것은 그가 수호그림자의 정보망을 벗어났다는 점이다.

수호그림자의 절반 이상을 동원해서 공허의 길 거점들을 감시하고 있었다. 적들이 장거리 이동에 공허의 길을 사용하는 이상 그 감시망에서 벗어날 수 없는 게 당연했다.

그런데 아테인은 알마릭과 레이거스까지 데리고 홀연히 나타났다. 이 상황을 이해할 수 있는 가능성은 단 하나.

"…용마기 백염(白炎)의 불사조인가?"

"정답이다."

아테인이 긍정했다.

그가 지닌 열세 개의 용마기 중에는 아젤의 용마기 울부짖

는 불새와 흡사한 용마기, 백염의 불사조가 있었다. 울부짖는 불새와 마찬가지로 용마기 단독으로 전투가 가능하며 하늘을 고속으로 비행하는 것도 가능한 용마기다.

아젤은 말했다. 울부짖는 불새는 아테인의 백염의 불사조를 모방해서 만든 용마기라고.

카이렌이 물었다.

"이렇게 행차하신 것은 우리가 위대한 어둠의 기둥을 파괴하는 것을 막기 위해서겠군."

"아니다."

"뭐?"

아테인이 대뜸 부정하자 카이렌이 당혹감을 드러냈다. 아테인의 시선이 그의 뒤쪽에서 응급처치를 받고 있는 아젤에게로 향했다.

"사실 이곳의 기둥을 파괴당하는 것은 이미 포기하고 있었던 일이다. 그저 아직 기회가 있어서 막았을 뿐이지."

동시에 아테인에게서 해일 같은 용마력이 흘러나왔다. 레이거스와 알마릭을 능가하는 거대한 힘이다.

그러나 일행은 잠시 움찔했을 뿐, 압도되지 않았다. 아테인은 그런 일행의 반응을 흥미롭게 여겼다.

"혹시 나 이상의 마력을 지닌 자를 접한 적이 있는 것인가? 봉인된 자들을 제외하면 그런 자들은 없을 텐데… 흠. 아니, 아발탄이라면 그럴 가능성도 있겠군. 아니면 그동안 누군가

이 수준에 도달했는가?"

그 말에 일행이 눈살을 찌푸렸다. 아테인의 말은 어딘가 이상했다. 콕 집어서 말할 수는 없지만 위화감이 있다.

일행이 아테인의 용마력 파동을 보고도 냉정할 수 있는 이유는 간단하다.

아젤의 용마력이 더 강하다.

놀랍게도 여덟 개의 생명의 고리를 듀얼 밴딩한 아젤이 순간적으로 발할 수 있는 힘은 지금 아테인이 보이는 수준을 능가한다. 아젤 스스로 자평했듯이 용마력에 있어서만은 전성기를 능가한 것이다.

본신의 힘만 발휘해도 그럴진대 용마기를 외부의 그릇으로 써서 그 힘을 증폭시키기 시작하면 눈앞에서 보면서도 그가 인간임을 믿을 수 없을 정도다. 물론 아테인도 용마기를 쓰기 시작하면 더욱 엄청난 힘을 보이겠지만, 일행에게 있어서는 그것이 상상 밖의 수준이 아니었다.

"알마릭, 수목의 신을 처리해 주겠나? 난 이들과 이야기를 나누고 싶군. 이것으로 봉인이 가능하다. 저 상태니 많이 어렵지는 않을 것이다."

"그러지."

아테인이 알마릭에게 지팡이 하나를 건네주었다. 알마릭은 그것을 받아 들고는 수목의 신이 있는 곳으로 몸을 날렸다.

뒤쪽에서 광풍이 휘몰아치고 뇌광이 울부짖는다. 겨우 아젤 일행이 준 타격에서 정신을 회복하던 수목의 신이 알마릭에게 난타당해서 침몰하기 시작했다.

"그대들이 힘써준 덕분에 수목의 신을 수월하게 봉인할 수 있겠군."

아테인은 뒤에서 일어나는, 하늘과 땅을 뒤흔드는 거대한 힘의 향연을 배경 취급하면서 태연하게 말을 계속했다.

"그럼 무슨 이야기부터 하는 게 좋을까……."

3

카이렌은 실로 오랜만에 눈앞의 적에게 두려움을 느꼈다.

물론 목숨을 칼끝에 올려둔 전사에게 있어 공포는 친숙한 벗과 같다. 자신의 목숨이 날아갈지도 모르는 두려움, 자신이 죽음으로써 벌어질 일들에 대한 두려움은 언제나 그의 곁에 있었다.

하지만 적 자체를 두려워해 본 것은 정말로 오랜만의 일이었다.

레이거스도, 알마릭도 그에게 이런 기분을 느끼게 하지 못했다. 그런데 아테인은 두려웠다.

그가 용마왕이기 때문에?

아니다. 전설적인 명성 때문이 아니라, 지금 이 순간 그의

눈앞에 있는 아테인이 보이는 모습이 두려움을 주고 있었다.

아테인은 적의도, 살의도 없다.

그는 순수하게 일행과의 대화를 원하는 것 같았다. 그런 한편 그는 등장하기 전에 아젤을 기습해서 중태에 빠뜨리고, 등 뒤에서는 알마릭이 세상을 뒤집어놓을 듯 무시무시한 권능으로 수목의 신을 제압하는 중이다.

도저히 이해할 수가 없다. 그가 어떤 행동원리로 움직이는지 짐작조차 할 수 없다는 점이 두려움을 안겨주었다.

아테인이 말했다.

"그대들에게는 궁금한 것이 아주 많다."

"계속 궁금해했으면 좋겠군."

레티시아가 받아치자 아테인이 말했다.

"당장에라도 싸우고 싶은 건가? 흠. 내 목표는 아젤 카르자크를 데려가는 것이지 지금 굳이 그대들의 목숨을 빼앗을 필요는 없는데……."

"뭐라고?"

카이렌의 표정이 노여움으로 물들었다. 아테인의 말은 그들을 아예 적으로도 안 보고 있다는 소리가 아닌가? 이 정도로 무시받으니 두려움을 압도하는 분노가 치솟았다.

그때였다.

"어째서 모르지?"

유렌이 불쑥 물었다. 정말로 이상해하는 표정이었다.

"무슨 뜻인가?"

아테인이 고개를 갸웃하자 유렌이 말을 이었다.

"당신은 용마왕 아테인이야. 분명해."

"이야기하고자 하는 요지를 모르겠구나, 유렌 리제스터."

"그런데 어째서 용혼을 모르지?"

"용혼? 그것을 말하는 것인가?"

아테인이 흥미를 드러냈다. 아까 전부터 그는 카이렌과 레티시아의 용혼에 깊은 관심을 보이고 있었다.

그것은 정말로 이상한 일이다.

"용혼의 창시자가 당신과 손을 잡았다고 했어."

유렌은 일부러 레슈의 이름을 말하지 않았다. 아테인의 반응을 보기 위해서였다.

"그대가 말하는 걸 보니 용혼이라는 것은 비교적 최근에 개발된 기술인가 보군. 하지만 그 창시자라니, 누구를 말하는 것인가?"

"그가 당신과 손잡은 시기는 대암흑 이후였어. 그런데 당신이 용혼을 모른다? 그건 말도 안 돼. 어째서 모르지?"

레슈가 거짓말을 한 것일까? 아무리 생각해도 그럴 이유가 없다.

'아니면 용혼에 대해서는 알려주지 않았다?'

그것은 있음직한 이야기다. 아직 부활하지 않은, 하지만 모종의 방법으로 접촉해 온 아테인과 손을 잡기로 했지만 용혼

에 대해서는 밝히지 않았다. 따라서 이제 갓 부활한 아테인은 아직 용혼에 대한 정보가 없다…….

'뭔가 이상해.'

그것이 합리적인 추론일 것이다. 하지만 그것만으로는 덮을 수 없는 문제가 있었다.

'자신을 능가하는 용마력의 주인을 모른다. 그것도 말이 안 돼.'

아젤의 말에 따르면 레슈는 아테인조차 능가하는 거대한 용마력의 소유자였다.

용혼은 그가 가르쳐 주지 않아서 모를 수도 있다. 하지만 직접 만나서 포섭한 존재의 힘을 모른다고?

레슈에 대해서 잘 모른다면 모를까, 아테인은 용마전쟁 당시에 그와 싸웠던 적도 있지 않은가? 그리고 그때도 레슈는 아테인을 능가하는 용마력의 소유자였다.

"당신은 정말로 아테인이야?"

"이상한 질문을 하는군. 나를 아테인이라고 한 것은 그대가 아닌가?"

"그렇지. 당신은 아테인이야. 아닐 리가 없어……."

유렌이 입술을 깨물었다.

그의 존재를 접하는 순간 알 수 있었다. 그가 바로 아테인이라는 것을.

이미 그 느낌을 학습했기 때문이다. 인도자는 유렌에게 부

활한 아테인과 접하면 어떤 느낌을 받을지 알려준 바 있었고 유렌이 받은 느낌은 그것과 정확히 일치했다.

무엇보다 지금 눈앞에서 벌어지고 있는 일들이 증거다. 백염의 불사조는 용마왕 아테인의 것으로 알려진 용마기였다. 인간들의 역사에서는 그 존재가 제대로 남아 있지 않지만 일행은 아젤을 통해서 그 실체를 명확히 전해 들었다.

잠시 생각하던 유렌이 뭔가 깨달은 듯 탄성을 흘렸다.

"…그렇군."

"뭔가 알겠는가?"

아테인은 재미있다는 듯 물었다. 유렌의 행동은 동료들조차 이해할 수 없는 것이었지만 아테인은 흥미로운 것 같았다.

유렌이 말했다.

"당신이 아까 말했지. 우리가 위대한 어둠의 기둥을 파괴해서 부활이 앞당겨졌다고."

"그렇게 말했다."

"그래서겠지? 마법의 의식이 앞당겨졌다는 것은 완전하지 않다는 뜻이야. 어떤 부분에 결함이 있는 것인지는 알 수 없지만, 기억의 결손이 있다는 것만은 확신할 수 있어. 당신의 부활은 완전한 게 아니야."

유렌은 카이렌이 고려한 두 가지 가능성 중 하나를 확신했다.

〈호오, 그놈 참 똑똑한데?〉

"레이거스."

레이거스가 불쑥 내뱉은 말에 아테인이 그를 바라보았다. 레이거스가 껄껄 웃었다.

〈뭐 어차피 싸워야 할 놈들이고 저런 사실을 안다고 해서 달라질 것도 없지. 안 그런가, 아테인?〉

"이런. 내가 한 행동에 단단히 화가 난 모양이군."

아테인이 쓴웃음을 지었다.

그런 그들의 대화를 들으면서 이제는 유렌만이 아니라 라우라도 의아함을 느끼기 시작했다.

'어째서지?'

용마전쟁 당시, 아테인이 용마왕으로 칭한 후에 네 명의 용마장군은 자신이 그의 신하임을 받아들였다. 즉 언제나 아테인을 왕으로 대우하며 예를 다했다.

하지만 지금 레이거스가 아테인을 대하는 태도에서는 전혀 그런 경의가 묻어나지 않는다. 신하로서 왕을 대하는 것이 아니라 대등한 입장에서 협력하는 동료나 보일 수 있는 태도가 아닌가?

'공식석상이 아니라서?'

어쩌면 그들이 공식석상에서만 아테인을 왕으로 대접하고 사석에서는 그렇지 않았을 수도 있다. 하지만 아젤이 들려준 용마전쟁 당시의 이야기를 들어보면 그렇지도 않았던 것 같았는데…….

그녀의 상념을 끊은 것은 아테인의 목소리였다.

"레이거스 그대의 말이 옳다. 유렌 리제스터, 그대는 진실을 통찰했다. 하지만 그것으로 인해서 이 자리에서 일어나는 일의 결과가 바뀌지는 않을 것이다."

"당신의 목적은 뭐지?"

"아까 전에도 말했다시피 아젤 카르자크와 비탄의 잔이다. 둘을 내놓고 간다면 이 자리에서는 그대들을 곱게 놓아줄 수도 있다. 하지만 이런 교섭에는 응하지 않겠지?"

"흥. 아주 잘 알고 있군."

"우둔한 나도 그 정도는 알고 있다. 흠. 어떻게 하는 편이 좋을까? 아직 어떻게 할지 결정하지 않았는데……."

아테인이 고민한다.

"이런."

그러다가 문득 눈살을 찌푸렸다.

"시간을 끄는 것 같아서 어떤 의도가 있나 싶었더니 저것들을 기다리는 거였군. 저것이 수호그림자인가?"

그의 시선이 먼 곳으로 향했다. 저편에서, 아직 초토화되지 않고 숲의 형상이 남아 있는 곳으로부터 백색의 환영이 파도처럼 밀려온다. 수십의 수호그림자가 무서운 속도로 접근해오고 있었다.

아테인이 한숨 섞인 목소리로 말했다.

"아쉽게도 대화는 여기까지인 모양이군. 그럼 슬프지만 힘

으로 해결할 문제부터 끝내도록 하지."

4

눈앞에서 해일 같은 용마력이 일어난다. 지금까지 보여준 것만 해도 어마어마한데 한층 더 기세가 오르고 있었다.

—용마기 초래! 흑암전서(黑暗全書)!

아테인이 새로운 용마기를 초래했다. 새카만 가죽 표지에 안쪽의 페이지까지 온통 새카만 책이다.

순간 일행이 다들 눈을 크게 떴다.

'저 용마기는 뭐지?'

아젤에게서 아테인이 지닌 열세 개의 용마기에 대해서 들었다.

백염의 불사조

하늘의 성채

꿈의 사도

대지의 아들

빙설의 숲

질풍의 숨소리

화염산의 거인

뇌명의 사슬

안식과 분노의 달

공허의 문지기

낙원의 낙인

어둠을 새기는 검

마지막으로 아테인 본인의 주력 용마기였던 어둠의 화신(化身)까지.

즉 아테인이 초래한 흑암전서는 아젤의 이야기 속에는 없었던 용마기였다. 설마 죽었다 부활하면서 새로운 용마기까지 손에 넣었단 말인가?

아테인은 당황한 일행을 곧바로 공격하는 대신 말했다.

"사실 큰 실수를 저질렀다고 생각하고 있다."

"또 무슨 소리를 지껄이려는 거냐?"

"아젤 카르자크, 그는 불멸의 존재들을 없애는 방법을 구현해 낸 존재지. 수목의 신을 희생시키더라도 그 방법은 보아뒀으면 좋았을 것을, 다급한 마음에 너무 성급하게 굴었군."

"오만이 하늘을 찌르는구나."

카이렌이 이를 갈았다. 동시에 한 발 앞으로 나서면서 검을 휘둘렀다.

콰콰콰콰쾅!

광풍이 휘몰아치면서 무시무시한 충격이 그 자리를 강타했다. 아테인이 방어막으로 그것을 막아내는 순간 카이렌이

쌍검을 들어 올리며 외쳤다.

"바람이여, 울부짖어라!"

그러자 대기가 거세게 용트림했다. 카이렌의 몸을 휘감은 녹색 용의 환영이 꿈틀거리며 포효하고 그를 중심으로 바람이 가속한다. 눈 깜짝할 사이에 인간을 갈가리 찢어버릴 듯 위력적인 바람이 휘몰아치기 시작했다.

"호오! 대기에 대한 지배력이 폭풍용과 필적하는 수준까지 오르고 있군."

먼 곳을 바라보는 듯 공허했던 아테인의 눈동자가 지적 탐구심으로 빛나고 있었다. 레이거스가 말했다.

〈그런 점은 내가 아는 아테인 그대로군. 하지만 저놈이 용마기에 준하는 힘을 손에 넣었다면 얕볼 상태가 아니다. 알아두라고.〉

이전에 격전을 벌였을 때, 알마릭과 레이거스는 카이렌의 기량을 아까워했다. 그가 용마기만 가졌더라면 용마전쟁 때도 능히 이름을 날렸을 수준이었으니까.

그리고 그때로부터 수 개월이 흐른 지금, 카이렌은 용마기는 갖지 못했으되 그 이상의 힘을 손에 넣어서 그들의 앞에 섰다.

후우우우우우!

가속하는 광풍 속에서 카이렌의 용마력이 점입가경으로 증폭되었다. 원래부터 용마족 중에서도 강력한 수준이었는

데 이제는 알마릭과 필적하는 수준까지 올라간다.

"하아아아!"

카이렌이 가속하며 달려들었다.

'수호그림자들이 올 때까지 이놈들을 전력으로 상대해야 한다.'

지금 다가오고 있는 수호그림자들은 선발대라고 할 수 있다. 고작 수십 정도로는 일행이 도망치기 위해서 아테인 일당의 발을 묶어놓을 수 없었다.

충분한 수의 수호그림자가 올 때까지는 전력으로 싸워야 한다. 쓰러뜨릴 각오로 싸워야만 도망칠 기회도 얻을 수 있으리라.

"흠."

그 앞을 한 사람이 가로막았다. 그를 본 카이렌이 깜짝 놀랐다.

'알마릭?'

뒤쪽에서 싸우고 있던 알마릭이 어느새 나타났단 말인가?

하지만 놀람은 잠시였다. 카이렌은 곧바로 상황을 파악했다.

'인카네이션이군!'

아젤을 통해서 지긋지긋할 정도로 실체 있는 분신을 겪어 본 몸이다. 그리고 인카네이션을 쓰는 알마릭을 상대하기 위한 준비도 마쳤다.

쾅!

서로가 부딪치는 순간, 알마릭의 분신이 튕겨나갔다. 그러나 한 박자 늦게 알마릭의 실체가 나타나면서 카이렌을 저지했다.

"용마기도 없이 용마력이 이 수준까지 오르다니 무슨 수를 썼느냐?"

용령기의 달인이라면 자신이 지닌 용마력을 최대 효율로 사용한다. 순간적으로는 평소 발하는 것보다 수십 배 강한 힘도 낼 수 있다.

하지만 카이렌이 보인 변화는 알마릭의 지식을 넘어섰다. 용마기를 통해서 증폭한다면 모를까, 이 정도 증폭률은 용령기만으로는 도달할 수 없는 수준이었다.

"알 것 없다! 그때의 빚을 갚아주지!"

용혼을 터득한 후로 이 힘을 활용하기 위해 뼈를 깎는 노력을 했다. 용마왕 숭배자들과의 실전을 통해서 그 힘을 입증하는 과정도 끝났다.

그 모든 것은 바로 이 순간을 위해서, 알마릭과 레이거스에게 패배한 굴욕을 갚아주기 위해서였다!

"젊음의 패기가 눈부시군. 하지만 새로운 기술 하나 익혔다고 기고만장하기는……."

코웃음을 치던 알마릭의 표정이 변했다.

격돌했을 때 카이렌과 알마릭의 힘은 대등해 보였다. 하지

만 그것도 잠시, 알마릭이 카이렌을 누르면서 분신을 만들 여유를 회복했다.

그런데 그가 분신을 만들기 위해 마력을 외부로 빼내는 바로 그 순간이었다.

'폭풍용의 발톱!'

마치 기다렸다는 듯 카이렌이 그 찰나의 틈을 찌르고 들어온다. 아젤의 장기 중 하나, 지근거리에서 초가속하는 검격이 카이렌에 의해 구현되었다. 좌검을 흘려내듯이 빼내면서 우검을 가속, 알마릭의 자세를 무너뜨리면서 동시에 발로 땅을 구른다.

'폭풍용의 전진!'

콰콰콰콰쾅!

용혼이 울부짖으며 극한까지 응축된 공기가 무시무시한 열기와 함께 폭발한다. 한순간의 흐트러짐으로 허를 찔린 알마릭이 정신없이 방어하면서 밀려났다.

카이렌은 기다렸다는 듯 한쪽으로 흘리듯 빼놓았던 좌검을 후려쳤다.

"들이받아라! 폭풍의 용이여!"

산처럼 거대하게 부풀어 오른 용마력이 언령의 힘으로 한층 더 증폭된다. 용혼이 울부짖으며 검에 집중된 힘이 일거에 쏟아져 나왔다.

'폭풍용의 뿔!'

일순간 소리보다 빠르게 가속한 검이 대기를 찢는다. 그리고 그 궤도로부터 진공의 칼날이 뻗어 나가면서 알마릭을 후려쳤다.

콰아아아앙!

한 번이 아니다. 좌검을 후려치고 나서 간발의 차이로 우검이 돌아오면서 두 번째 공격을 날렸다. 두 번의 검격이 초음속으로 대기를 찢고 마치 그 상처를 메우듯이 열풍이 밀려들면서 알마릭을 휘감았다.

"크, 으으으윽……!"

알마릭의 표정이 악귀처럼 일그러졌다. 단정하게 빗어 넘겼던 머리칼이 풀어헤쳐지고 얼굴이 피투성이가 되었다.

부활한 이래 처음으로 겪어보는 수모였다. 잠자고 있던 그의 흉성이 폭발했다.

"이 하루살이 같은 애송이가 감히!"

유리처럼 투명한 검의 형상을 한 용마기, 폭풍의 비명이 격렬하게 푸른 뇌전을 토해냈다. 압도적인 힘의 파랑이 알마릭을 휘감던 열풍을 찢어발기고 카이렌과 대기의 지배권을 다툰다.

"진즉 그렇게 나오셨어야지. 역사에 기록된 것과는 달리 너무 점잖 빼서 가짜가 아닌가 의심하고 있었다!"

카이렌이 사납게 웃으며 달려들었다. 알마릭과 그가 격돌하며 폭음이 연달아 울려 퍼졌다.

동시에 카이렌의 눈이 차갑게 가라앉았다.

'너무 잘 풀리고 있어. 마음을 놓았다가는 한순간에 당할 것이다.'

지금까지는 기대 이상으로 잘 풀렸다. 상정했던 상황 중에서도 최고라고 할 만했다.

카이렌은 알마릭과 다시 싸우는 상황을 수백 번도 더 연습해 왔다.

아무리 절망적인 힘을 지닌 강적이라도 패배는 한 번이면 족하다. 한 번 싸워서 적의 힘을, 기술을 눈에 새긴 이상 모든 힘을 다해 그것을 격파할 방법을 찾아야 한다.

카이렌은 알마릭에 대해서 잘 안다. 아젤에게 상세한 정보를 들었고, 본인이 직접 겪어보기도 했다. 그런 정보를 토대로 지겨울 정도로 연습을 거쳤다.

그에 비해 알마릭은 카이렌에 대해서 잘 모른다. 직접 싸워서 꺾어버린 상대지만 용혼을 손에 넣은 후의 그는 완전히 다른 사람이라고 해도 과언이 아닐 정도로 성장했다.

그런 정보의 격차가 카이렌이 찌를 수 있는 틈이었다.

지난번에는 카이렌과 레티시아, 라우라와 유렌까지 네 명이서 덤비고도 무참하게 패했다. 카이렌이 최대한 객관적으로 분석해 본 결과, 세 가지 큰 이유가 있었다.

'순간적인 출력은 거의 대등하다. 해볼 만해.'

첫 번째는 바로 힘이다. 절대적인 힘의 격차 때문에 기술을

논하기 전에 그와 맞서는 것 자체에 무시무시한 부담을 져야 했다.

쾅! 콰쾅! 콰아아앙!

검과 검이 부딪치며 연달아 폭음이 울려 퍼진다.

알마릭이 호쾌함과 정교함을 두루 갖춘 검술을 펼쳤지만 카이렌도 지지 않았다. 용혼이 뒷받침하는 폭발적인 검격이 알마릭이 펼치는 검세의 맥을 끊으면서 유리한 상황을 이어 나간다.

'확신했다. 대기에 대한 지배력은 내 쪽이 위.'

두 번째는 용마기의 부재다. 뇌격과 폭풍을 지배하는 알마릭의 폭풍의 비명은 그 자체로 재앙과도 같은 용마기였다.

지금은 용혼이 폭풍의 비명과 잘 맞서준다. 뇌격에 대해서는 갑옷 역할을 해서 막아주고 대기를 지배하는 힘에서는 우위를 점해서 알마릭을 몰아넣었다.

쾅!

연달아 울려 퍼지던 폭음이 끊기면서 알마릭이 뒤로 밀려났다.

콰아아아악!

그가 대지를 미끄러진다. 그러나 그가 자세를 바로잡기도 전에 카이렌이 순동법으로 그를 따라잡으면서 계속 맹공을 퍼붓는다.

"수작을 부릴 틈을 줄 것 같은가? 이대로 끝내주겠다!"

"크……!"

카이렌은 자신이 점한 우세가 언제라도 뒤집어질 수 있다는 것을 잘 알았다.

상대가 제대로 실력을 발휘하지 못하게 한다.

그것이 강자와 싸울 때의 철칙이다. 상대가 장점을 발휘할 수 있도록 하는 것은 그 자체로 패배하고 싶어서 안달이 난 어리석음이고 오만함이다.

'분신을 만들 틈을 줘선 안 된다! 이대로 끝까지 몰아쳐야 해!'

카이렌이 분석한 패배의 원인 세 번째는 바로 분신술이었다.

알마릭과 일대일로 싸운다면 해볼 만하다. 하지만 그가 인카네이션을 펼치기 시작하면 상황이 완전히 달라진다.

그것은 아젤이 그림자의 춤을 펼칠 때와 똑같은 이점이다. 동시에 여러 장소에 존재하며 여러 행동을 동시다발적으로 할 수 있다는 것만으로도 본신만으로 싸울 때와는 격이 다른 힘을 발휘하는 것이다.

"언제까지 웃을 수 있는지 두고 보자!"

카이렌의 외침에 알마릭은 눈썹을 치켜떴다.

'웃어? 내가?'

목에 칼이 들이대어진 것과 같은 위기상황이다. 한 번 압도적으로 쓰러뜨렸던 상대라고, 용마기도 갖지 못한 애송이라

고 얕본 대가는 컸다.

카이렌은 무서울 정도로 알마릭에 대해서 잘 알고 약점을 공략해 오고 있었다. 이대로라면 실력을 채 절반도 발휘하지 못하고 목이 떨어질지도 모른다.

그런데 자신이 웃고 있다고?

'그렇군. 나는…….'

알마릭은 카이렌의 말이 옳다는 사실을 깨달았다.

'…즐거운 거군!'

이 시대에 부활한 이후 처음으로, 살아 있다는 실감이 든다.

죽음으로부터 부활한 후로 모든 것이 시시하기만 했다. 이 시대는 그가 기억하는 열기가 모두 사라져 버려서 황폐하기 짝이 없었다.

예전에 함께 싸웠던 이들은 모두 음험하게 미쳐 버렸고 아테인의 이상을 지독히 왜곡하여 광신도들의 사회를 만들어냈다. 정체를 감춘 채 수십 년 동안 지켜본 그 사회는 혐오스럽기 짝이 없었다.

이건 아니다.

자신은 이런 세상을 만들고자 목숨을 걸고 싸운 것이 아니었다.

심지어 이 시대에는 제대로 된 적조차도 남아 있지 않았다. 비술을 잃은 인간들은 더 이상 그의 마음을 자극할 수 없었다.

그런데 지금 그의 심장을 뜨겁게 달아오르게 하는 적수가 눈앞에 있었다.

"좋다! 애송이! 자신 있으면 어디 내가 울상을 짓게 만들어 봐라! 죽었다 깨어나도 불가능하겠지만!"

알마릭의 가슴속에서 오래전의 기분이 되살아났다. 하루하루 목숨을 걸고 운명에 맞서던 그 시절의 기분이.

5

레이거스는 레티시아를 맞이해서 격전을 벌이고 있었다.

카이렌과 달리 레티시아는 일대일을 고집하지 않았다. 주변을 빽빽하게 메운 수호그림자가 하얗게 파도치면서 그녀를 지원한다.

콰콰콰쾅! 콰쾅!

〈흠! 안마를 할 거면 좀 더 세게 해주겠나?〉

레이거스가 껄껄 웃었다.

상대가 치든 말든 중전차처럼 밀고 들어가서 끝장을 보는 것이 레이거스의 스타일이다. 수십의 수호그림자가 집중포화를 퍼붓는 정도로는 그를 멈출 수 없었다.

투두두두두두!

그러나 한기가 서린 광풍이 휘몰아치기 시작하자 사정이 달라진다. 발밑이 얼어붙으면서 굵직한 얼음덩어리들이 그

를 미친 듯이 두들겨 대고 곧바로 몸을 옭죄는 얼음감옥으로 화한다.

레티시아의 공격이었다. 용혼을 개방한 지금, 그녀의 냉기를 지배하는 능력은 빙룡과 필적하는 수준까지 올라가고 있었다.

아무리 레이거스가 불사체라고 해도 냉기 그 자체를 무시할 수는 없다. 생체 기능이 저하되는 문제는 없다고 하더라도 극저온 속에서 휘몰아치는 얼음폭풍은 무시무시한 충격으로 그를 두들기고, 순식간에 얼려 버린다.

〈으랏차!〉

그러나 소용없다. 한순간에 얼음기둥으로 만들더라도 잠시 후면 박살 내고 뛰쳐나온다.

콰콰콰쾅!

레티시아의 얼음공격과 교대하듯 잠시 대기하던 수호그림자들이 일제 공격을 퍼붓는다. 잠시나마 레이거스의 움직임이 멈췄다.

그리고 그 틈으로 거대한 얼음의 꼬챙이가 레이거스를 후려갈겼다.

콰아앙!

〈크억!〉

레이거스가 뒤로 날아가서 처박혔다. 그 기세가 어찌나 강했는지 지면이 폭발하면서 그의 몸이 땅을 구른다.

레티시아는 안심하지 않았다. 곧바로 수호그림자들이 파도처럼 질주하며 공격을 가한다.

폭발 속에서 레이거스가 뛰쳐나왔다. 그 공격을 맞고도 갑옷에 약간 균열이 생겼을 뿐 거의 멀쩡한 모습을 유지한 그가 호쾌하게 혼쇄의 인을 내려쳤다.

콰과과과광!

대지가 비명을 질렀다. 원추형으로 뻗어 나가는 폭발이 일거에 전방 수백 미터를 쓸어버렸다.

"크……."

레티시아가 신음을 흘렸다.

다수의 화력으로 밀어붙이고 있던 우위가 한 방에 날아가버렸다. 다행히 수호그림자들을 재빨리 좌우로 갈라져 피하게 해서 피해가 경미하기는 하지만…….

레이거스가 피어오르는 흙먼지 속에서 걸어 나오며 껄껄 웃었다.

〈호쾌하군! 내가 이런 걸 좋아하지! 대체로 사람 얼려보겠다고 깨작거리는 놈들은 좀스러워서 짜증나는데 아가씨는 아주 미학을 제대로 아는걸?〉

"비겁하다고 하지는 않나?"

〈난 자신의 말에 책임을 지는 남자이기 때문이지! 수백이든 수천이든 얼마든지 덤벼라! 혼신의 힘으로 상대해 주마!〉

"멋진데. 우리 편이었으면 반했을지도 모르겠어."

식은땀이 흐른다. 레이거스가 단단한 성채 같은 존재라는 것은 익히 아는 바지만 방금 전의 공격 정도면 꽤 큰 타격을 줄 수 있으리라고 생각했다. 그러나 어림도 없다는 것을 확인했을 뿐이다.

'직접 타격을 가할 수밖에 없나?'

레이거스의 방어 기술은 단순하면서도 완벽하다. 압도적인 마력을 초고밀도로 압축해서 견고한 강화의 힘을 구현한다.

그것만으로도 성채와 맞먹는 방어력이 구현되는데, 순간순간 최적의 지점으로 힘을 집중시키고 형태를 바꾸어 타격을 비껴내는 기교까지 부린다. 무식하기 짝이 없는 방식의 이면에 기적적인 감각과 기술이 뒷받침되어 있는 것이다.

원거리 공격으로는 그의 반응속도를 넘어설 수 없다. 접근해서 한 점으로 집중한 힘을 완벽한 타이밍으로 가격해야만 방어를 뚫을 수 있으리라.

'아니면 압도적인 화력으로 밀어버리는 방법도 있겠지만… 그러기에는 이쪽의 패가 너무 부족하군.'

더 많은 수호그림자가 필요하다. 집중공격으로 레이거스의 손발을 묶을 수 있는 수가.

시간을 벌어야 한다. 그래야만 일행이 빠져나갈 수 있을 정도로 많은 수호그림자가 이곳으로 모일 것이다.

동시에 너무 시간을 끌어서는 안 된다. 어둠의 설원에서 지원군을 보내올 것이 뻔하기 때문이다.

그 모순이 레티시아를 괴롭혔다.

〈자, 그럼 충분히 쉬었나? 다시 시작해 보지. 아테인 저놈 때문에 기분이 팍 상했는데 아가씨 때문에 좀 즐거워지는구먼.〉

"신하가 왕을 대하는 태도로는 어울리지 않는군."

〈그야 왕이 아니니까.〉

"뭐?"

〈이크. 또 말실수를 했군. 뭐, 이 정도는 괜찮겠지?〉

레이거스가 킬킬 웃었다. 그러다가 문득 주변을 보며 말했다.

〈제2파가 오고 있군. 아가씨가 원하는 놈들만 빼서 편성하려면 시간 좀 걸릴 텐데, 기다려 줄까?〉

"……."

레티시아가 할 말을 잃었다. 그의 말대로 저편에서 또 다른 수호그림자들이 밀려온다. 선두보다 훨씬 많은 수였다.

그것을 빤히 보면서도 기다려 주겠다고 말하다니…….

"카이렌 그 작자가 들었다면 머리끝까지 화를 냈겠지."

〈오호, 냉정하구만.〉

"나야 강자의 오만은 감사하게 받는다는 주의다. 변신까지 멈추고 기다려 주는 사나이다운 모습에 반해 버리겠군."

〈우리가 적이라는 것이… 아니, 내가 이런 몸이라는 것이 참 안타깝군. 생전이었으면 열정적으로 꼬셔봤을 텐데.〉

레티시아의 냉정한 태도에 레이거스가 웃었다. 레티시아가 코웃음을 쳤다.

시간을 끌어서는 안 되는 이유는 또 있었다. 바로 레이거스의 변신이다. 지금도 상대하기 벅찬데 그가 변신해 버리면 감당이 안 된다.

하지만 그 변신에는 시간이 걸린다. 레이거스는 전투가 시작되는 그 순간부터 변신의 준비 과정, 즉 마력의 증폭을 시작했다. 그런데 레티시아를 기다려 준다고 말한 시점에서 그것조차 멈춰 버린 것이다.

"뜻대로 해주지. 이 정도 숫자면 해볼 만할 것 같군."

그녀의 뇌리로 수호그림자의 수와 위치가 낱낱이 파악되고 있었다.

레티시아는 그들 중 오로지 원거리 공격 능력을 지닌 개체만을 자신에게로 끌어오고, 나머지는 아젤이 있는 쪽으로 배치했다. 레이거스를 상대로는 근접 전투형 개체는 별 쓸모가 없다고 판단해서였다.

이런 일이 가능한 것은 레티시아가 수호그림자를 조종하는 지팡이를 갖고 있기 때문이다.

이 지팡이가 있으면 제대로 된 의사소통이 불가능한 수호그림자를 통제할 수 있었다. 카이렌은 전투를 시작하기 전에 지팡이를 레티시아에게 건네주었다.

카이렌은 전략적인 국면에서는 일행 중에 가장 수호그림

자를 잘 활용할 수 있는 인물이다.

그러나 일단 전투가 시작되고 나면, 수호그림자를 가장 잘 살릴 수 있는 것은 레티시아다.

레티시아는 아젤처럼 분신술의 재능을 가진 인물이다. 스스로 전투에 임해서 최선을 다하는 동시에 수호그림자들과 의념으로 연계해서 지금 같은 연계 효과를 발휘하는 게 가능한 것이다.

'단번에 밀어붙여서 셋을 최대한 멀리 갈라놓는다.'

일행이 노리는 전술적 목표는 간단했다.

알마릭과 레이거스를 아테인이 있는 지점에서 멀찍이 떨어뜨려 놓는다. 그리고 충분한 수의 수호그림자가 모이면 아테인, 알마릭, 레이거스를 일거에 몰아치면서 전력으로 전장을 이탈한다.

지금은 이들과 승부를 결할 때가 아니다. 일단은 빠져나가서 기회를 노려야 한다.

"간다!"

레티시아의 주변에서 200에 가까운 원거리 공격형 수호그림자가 모여들었다. 그들이 세 개 조로 나뉘어서 일제 공격을 퍼붓기 시작했다.

〈이제 좀 뭐가 때리는 느낌이 나는구나! 하지만 아가씨, 아직도 패가 부족한 것 같은데?〉

마치 수백 명의 마법사가 집중포화를 퍼붓는 것 같은 광경

이었다. 게다가 세 개 조가 끊임없이 쏘고, 물러나고, 장전하고, 다시 쏘니 공격이 끊이질 않는다.

그런데도 레이거스는 성큼성큼 앞으로 나오고 있었다. 저러다가 압력이 조금이라도 약해지는 지점을 찾으면 단번에 앞으로 뚫고 나오리라.

레티시아가 식은땀을 흘렸다.

'용마전쟁 때는 400명이 모여서 잡았다더니.'

레이거스를 잡을 때는 함정으로 끌어들인 다음 준비해 둔 마법들을 연달아 폭발시키고, 타격을 입은 그에게 400명이 달려들어서 잡았다고 했다. 그런 완벽한 함정을 준비했는데도 레이거스가 죽을 때까지 절반 가까운 인원이 희생되었다.

'게다가 이 작자, 지난번보다 강해졌다.'

싸워 보니 알 수 있었다. 레이거스는 지난번에 아젤과 싸울 때보다 더 강해져 있었다.

'불사체 상태에 적응을 끝냈군.'

아젤은 레이거스가 불사체가 된 후, 용마력을 잃은 상태에 완전히 적응하지 못했다고 평가했고 그것은 사실이었다. 하지만 레이거스쯤 되는 전사가 언제까지고 그런 상태에 머무를 리가 없지 않은가?

불사체 상태에 완전히 적응한 지금, 레이거스는 움직이는 재앙의 성채나 마찬가지다. 단신으로 전장의 상황을 좌우할 수 있는 능력의 소유자이기에 4대 용마장군이 인간들에게 악

몽으로 군림한 것이다.

과연 이자를 쓰러뜨릴 수 있을까? 회의가 밀려온다.

그리고…….

'저들이 아테인을 상대로 버틸 수 있을까?'

유렌과 라우라, 아리에타 셋이 부상을 입은 아젤을 지키면서 아테인과 싸워서 버틸 수 있을까?

치명적인 불안 요소를 자각하면서도 레티시아는 전력을 다해 싸울 수밖에 없었다.

6

아테인은 용마장군들의 싸움에 끼어들지 않았다. 대신 다른 일을 했다.

"흠. 마무리만 남은 작업을 끝마치기가 이렇게 힘들다니……."

그는 알마릭이 마무리하지 않고 내팽개친 수목의 신 봉인 작업을 계속하고 있었다. 알마릭에게 공격을 받아서 정신을 못 차리고 있었기에 봉인만 진행하면 된다. 하지만 그것조차도 어마어마한 규모의 대마법이었다.

"둘 다 상당한 실력이로구나. 이 정도로 재미있는 마법전은 오랜만이로다."

또한 그가 하는 일은 그것만이 아니다. 그는 동시에 일행과

마법전을 벌이고 있었다.

퍼퍼펑! 콰광!

폭음이 울려 퍼진다. 뇌격이 질주하고 격풍이 휘몰아치고 섬광이 사방팔방에서 날아들어 폭발했다.

어느 한쪽에서만 일방적으로 일어나는 현상이 아니었다. 아테인의 주변도, 일행의 주변도 무지막지한 힘의 향연으로 박살이 나고 있었다.

더 놀라운 것은 이것이 서로가 쓰는 마법의 채 절반도 구현되지 않은 결과라는 점이다. 서로서로 마법의 구성을 방해한 결과 대부분의 마법이 구현되지 못하고 유실되고 있다. 그런데도 수백 명을 죽일 수 있는 힘이 난사되었다.

"과연 왕……!"

라우라는 전율했다.

유렌과 라우라 둘 다 이 시대에 손꼽힐 정도로 강력한 마법사이다. 그런데 아테인은 수목의 왕을 봉인하는 대마법을 진행하면서도 둘을 상대하는 데 막힘이 없다. 그저 봉인의 진행 속도가 좀 느릴 뿐이다.

어느 순간부터 라우라와 유렌이 밀리기 시작했다. 아테인의 마법이 조금씩 두 사람의 방해를 뚫고 구현되기 시작한다.

한번 기울어진 균형은 오랫동안 지속되지 않았다. 구멍 뚫린 둑이 터지듯이 일거에 마법의 폭풍이 두 사람에게 날아들었다.

"허어?"

순간 아테인이 경악했다. 두 사람을 쓸어가던 자신의 마법이 방향을 틀어서 되돌아오는 것 아닌가?

'비탄의 잔인가? 노리고 있었군.'

폭발이 치솟았다.

아테인이 구현한 마법은 그야말로 산더미 같았다. 라우라가 공간왜곡장을 펼쳐서 되돌리기는 했지만 수가 너무 많아서 전부를 한꺼번에 되돌리지는 못했다. 뒤에서 따라오는 마법과 충돌한 것이다.

"아운소르가 이 자리에 없는 게 아쉬울 정도로다. 멋진 기량이야."

아테인이 진정으로 감탄해서 말했다.

그저 마법을 되돌린 것을 칭찬하는 게 아니다. 라우라의 노림수는 거기에 그치지 않았다.

서로 충돌한 마법의 수를 생각하면 방금 전의 폭발은 너무 작았다. 그 이유는 간단했다.

아테인의 주변에 공간왜곡장이 나타났다. 라우라가 다수의 공간왜곡장을 전개해서 충격파와 열파를 아테인이 있는 곳에다가 집중한 것이다.

전방에서는 충돌을 뚫은 자신의 마법이 날아온다. 그리고 사방팔방에서 공간왜곡장을 통해서 폭발의 여파가 쏟아진다.

게다가 라우라와 유렌도 바로 이 순간을 기다렸다는 듯 환상적인 타이밍으로 자신들의 마법을 쏟아내기까지 한다.

아무리 아테인이라도 절체절명의 상황이었다. 마법전 속에서 탁월한 마법사 세 명이 차곡차곡 쌓아올린 마법들이 일거에 쏟아지는 것이다.

—용마기 초래!

그래서 라우라는 아무리 상대가 아테인이라도 상당한 타격을…….

—공허의 문지기! 하늘의 성채!

…입힐 수 있을 것이라고 기대했다.

"아!"

경악하는 그녀의 눈앞에서 거대한, 지름이 20여 미터에 달하는 원형의 구체가 나타났다.

"이럴 수가."

전방에서 쏟아지던 마법의 대부분이 그 안으로 빨려 들어가서 사라졌다. 그리고 그 너머에서 대폭발이 일었다.

콰아아아아앙!

지축이 뒤흔들리며 시야가 불타올랐다. 하지만 라우라는 홀린 듯이 그 너머에서 일어나는 일을 상상하고 있었다.

"이런 경우는 거의 백 년만이로군."

흙먼지와 열풍 속에서 아테인의 목소리가 들려왔다. 진정 즐거워하는 목소리였다.

공허의 문지기는 아테인이 공허의 길을 만들 때 기능의 기본이 된 용마기다. 비탄의 잔처럼 자유자재로 공간을 왜곡할 수는 없지만 A지점과 B지점을 잇는 공간의 문을 열 수 있었다.

다른 공간으로 연결된 이 문이 전방에서 날아들던 마법의 폭풍 대부분을 없애 버렸다.

하늘의 성채는 아젤의 용마기 불굴의 성채의 원형이라고 할 수 있는 용마기다. 다른 점이 있다면 그 본질적인 구현 특성이 하늘을 가르는 검과 닮아 있다는 것이다.

원래부터 압도적인 방어력을 자랑하는 용마기지만, 주변의 빛이 강하면 강할수록 방어력이 점입가경으로 올라간다. 게다가 빛을 이용한 공격은 아예 흡수해서 자신의 힘으로 삼아버린다.

아테인은 두 용마기의 연계로 위기를 빠져나왔다.

"마법사로서 부끄럽도다. 철저하게 용마기의 힘에 기대어 국면을 타파하다니. 이번 국면은 그대들의 승리였다."

"……."

라우라는 할 말을 잃었다. 지금 자신들을 조롱하는 것인가 싶었지만 아테인은 진심이었다. 그의 표정에서 그 사실을 알 수 있었다.

'틀린 말은 아니지만…….'

그리고 그의 말이 맞기도 하다.

아테인을 해치우지는 못했지만 그에게 손해를 입혔다. 수목의 왕을 봉인하는 작업이 흐트러져서 상당 부분을 다시 해야 하게 했고, 공허의 문지기를 통해서 마법을 다른 곳으로 보내 버리는 바람에 마력 회수를 못하게 되었다.

고위 마법사들은 마법을 구현한 후 마력 일부를 회수한다. 현상을 일으키기 위한 마력 말고, 마법 구성을 짜고 발동시키기 위에 부어넣은 마력을 얼마나 많이 회수하느냐가 마법사의 기량을 판단하는 조건 중에 하나다. 그 점을 고려하면 아테인은 상당한 마력 손실을 겪은 셈이다.

'아무리 봐도 이상해.'

아테인은 마치 세 명의 대마법사가 한 자리에 있는 것처럼 놀라운 기량을 보이고 있었다. 수목의 왕을 봉인하면서 라우라와 유렌과 수 싸움을 벌인다.

아무리 강력한 마법사라도 다수를 상대할 때는 힘과 속도에 기대게 된다. 마법의 구현 속도와 위력, 규모 등을 적절하게 이용해서 다수의 행동을 막거나 늦춰놓고 순차적으로 격파한다는 뜻이다.

그런데 아테인의 방식은 달랐다. 그는 정말로 라우라, 유렌 개개인과 일대일로 수 싸움을 하고 있었다.

'이런 일이 가능한가?'

마치 인카네이션을 펼친 것 같다. 용마전쟁 당시 아테인이 몇 안 되는 인카네이션 사용자였음을 생각하면 이상하지 않

은 일이다.

하지만 그렇다면 왜 처음부터 인카네이션을 쓰지 않는가? 그쪽이 훨씬 더 효율적일 텐데?

"왕, 아니, 아테인."

"하고 싶은 말이 있는가?"

"여유가 넘치네."

"음?"

아테인이 고개를 갸웃했다. 그러더니 뭔가 생각났다는 듯 말한다.

"내 입장에서는 지금 당장 그대들을 죽여야 할 필연성이 적은지라 살기를 품기 어렵군. 그대들의 기량이 정말 아깝다고도 생각하고 있다."

"…협상의 여지는 없어."

"안다. 그러니 힘으로 제압하고 목적만을 이루려 하는 것이지. 하지만 그 과정에서 그대들을 죽이는 것은 최대한 피하고 싶을 뿐이다."

"……."

라우라의 표정이 굳어졌다.

무시받아서 화가 난 것이 아니다. 그러기에는 아테인이라는 존재의 격이 너무 높다.

최초의 용마족이며 최초의 마법사, 또한 용령기의 창시자이며 용살의 의식을 통해 인간과 용의 관계를 재설정한

자…….

그녀가 어둠의 설원 소속이었음을 빼고 보더라도, 아테인은 신화의 주인공이었다. 이제까지 모인 정보를 취합해 보면 그의 추정 연령은 아무리 적어도 3천 세 이상, 어쩌면 1만 년 이상 살았을지도 모른다. 그런 존재에게 인간적인 감성을 기대한다면 그 또한 이상한 일이리라.

'하지만 그런 것치고는… 절대적이지는 않아.'

문제는 또 그렇게 생각하자니 아테인이 보여주는 능력이 미묘하다.

분명히 라우라와 유렌을 동시에 상대하고도 남을 정도로 압도적인 실력이다. 수목의 왕을 봉인하는 작업만 아니었다면 훨씬 더 힘든 상황이었을 것이다.

그런데 상대하면 상대할수록 혼란스러웠다.

'일단 마법.'

아테인의 마법 운용은 믿을 수 없는 경지에 올라 있다. 속도와 위력, 효율성 모두가 마법사들이 꿈꾸는 이상을 체현해 놓은 것 같았다.

그런데 사용하는 마법 자체가 놀라운 것은 아니다. 라우라도, 유렌도 모르는 비술이 쏟아져 나올 줄 알았는데 하나같이 과정을 보면서 완성품을 짐작하고 대응할 수 있는 수준이다.

'심지어 일부는 낡기까지 했어.'

220년 전의 인물이기 때문일까? 분명 그 세월이 흐르는 동

안 어둠의 설원의 마법학은 착실하게 발전했다. 사용자의 기량과 별개로 아테인이 쓰는 마법 자체의 효율성이 떨어지는 것도 어쩔 수 없는 일이다.

하지만 왠지 납득이 안 간다.

아테인과 아운소르, 발타자크는 시대의 규격을 초월하는 마법사였다. 마법의 시조이며 정점이었던 아테인이 구사하는 마법이, 220년이 지났다고는 하지만 확연히 낡았다는 느낌이 든다고?

'이상해.'

위대한 어둠도, 공허의 길도… 그리고 어둠의 설원에 남은 다른 유물들도 하나같이 경이로운 것들뿐이었다. 직접 접해서 분석하면서도 그 실체를 이해할 수 없을 정도로 수준이 달랐다.

단언할 수 있다. 아테인과 어둠의 설원의 다른 마법사들 사이에는 220년의 시간으로는 도저히 메우지 못한 기술적 격차가 존재했다.

문득 아리에타가 말했다.

"아테인이여."

7

자신을 부르는 목소리에 아테인이 아리에타에게 시선을

주었다.

이 싸움에서 아리에타는 소외되어 있었다. 기량의 문제는 아니다. 아리에타가 아직 용혼을 얻지 못했다고는 하지만 라우라, 유렌과 연계한다면 충분히 유효한 패가 될 수 있는 실력을 지녔다.

문제는 아젤이다. 아젤은 사경을 헤매고 있었기에 누군가는 그를 지키면서 도망칠 기회를 엿봐야 했다. 아테인이라는 강적을 앞에 둔 상황에서 셋 중 가장 전투력이 떨어지는 아리에타가 그 역할을 맡게 된 것은 자연스러운 일이었다.

아리에타가 말을 이었다.

"나는 아리에타 바일 루레인. 그대의 후손이라고 한다."

"정보는 읽은 바 있다. 그런데 그 사실을 이야기하는 이유는?"

"물론 그대에게 혈육의 정을 기대하는 것은 아니다. 듣자하니 이 지상에 그대의 피를 이은 자가 수천 명은 넘는다지?"

"아니다."

"음?"

"단순히 나로부터 가지를 뻗은 핏줄의 수만 따진다면 최소한 만 단위일 것이다. 십만 단위가 될지는 잘 모르겠군. 이어져 내려간 혈통이 있는가 하면 끊어진 혈통도 있다 보니……."

"……."

"내 삶은 그대들의 잣대로 재기에는 너무 길었느니라. 내가 직접 부모가 되어 잉태한 자손들이 수백 세대 이상 이어져 내려갔으니 당연한 결과가 아닌가?"

아테인은 재미있다는 듯 말하고 있었지만 실로 엄청난 내용이었다.

잠시 어안이 벙벙해졌던 아리에타가 말했다.

"이거… 아젤이 제법 난봉꾼이었다고 하지만 비교가 안 되는 수준이로고."

"하하하. 아젤, 나의 대적자도 많은 자손을 두었나 보구나. 하지만 아리에타 공주, 내가 자손을 두게 된 과정은 그대가 상상하는 것과는 좀 다를 것이다."

"어떻게 말인가?"

"지금 그대가 살고 있는 시대, 그대가 상식으로 받아들이고 있는 것들이 상식이 되기까지 얼마나 많은 일이 있을지 설명하려면 너무 긴 시간이 필요하겠지. 하지만 상상해 보라. 산 하나만 넘어도 인간들끼리 서로 말이 안 통하던 시대를. 서로가 서로를 죽여 인육을 탐하는 것이 당연하던 시대를. 용이 인간이 영역을 넓히는 것을 막는 재앙으로 군림하던 시대를."

장대한 시간을 느끼게 하는 말이었다. 이 자리의 모두가 그가 그런 시대를 살아갔음을 알고 있었다.

아리에타가 눈살을 찌푸렸다.

"절제를 모르고 아랫도리를 신 나게 놀린 남자의 변명치고는 정신이 아득해질 정도로 장대하구나. 왜 이 여자 저 여자 건드리고 다녔냐고 물으니 역사와 신화를 핑계로 댈 수 있다니, 확실히 그대는 대단한 인물이로다."

"……."

순간 라우라와 유렌이 멍청한 표정으로 아리에타를 바라보았다. 아테인도 한 방 먹었다는 듯 눈을 크게 뜬다.

아리에타가 피식 웃었다.

"뭐 좋다. 내가 그대의 후손임을 이야기한 것은 어디까지나 자기소개일 뿐이다. 그 때문에 그대의 추종자들이 귀찮게 군 과거를 떠올리니 한마디하고 싶더군."

"내가 사과해야 하는 문제인가?"

아테인이 고개를 갸웃했다. 아리에타가 말했다.

"사과를 듣는다면 조금은 기분이 좋을 것 같구나."

"그럼 사과하마. 인간의 시간 감각으로 따지자면 내 책임을 묻기에는 너무 아득한 미래의 일이지만, 내게는 충분히 삶의 일부로 여길 만한 시간이었으니."

아테인이 우아하게 고개를 숙였다. 아리에타가 웃었다.

"나의 조상이여. 만인이 전설로 칭송하는 그대가 고개를 숙였다는 점만은 영광으로 받아들이겠다. 그리고 내가 정말로 궁금한 것을 묻기에 앞서, 한 가지 더 질문해도 되겠는가?"

"나의 후손에게 혈통의 정은 느끼지 못하나, 그 정도는 기꺼이 들어주도록 하마."

"그대의 아들로부터 그대가 용살의 의식을 만들어낸 존재임을 들었다."

"내 아들?"

순간 아테인이 눈을 크게 떴다. 고개를 갸웃하더니 잠시 후에야 알았다는 표정을 짓는다.

"흠. 지금이라면… 티다르와 글리케인은 죽었고, 사이베인을 말하는 것인가?"

"그렇다."

"역시 그쪽은 살아 있었군."

고개를 끄덕이는 아테인의 말에 일행은 꺼림칙함을 느꼈다. 처음 반응은 마치 아들이 있다는 것조차 몰랐던 태도고, 두 번째는 자식들에 대해서 잘 모르겠다는 태도가 아닌가?

용마전쟁 당시 아테인에게는 세 명의 비가 있었다.

첫째 왕비 아인세라, 둘째 왕비 테드린, 셋째 왕비 케이알리아.

아인세라는 딸 레베카과 아들 사이베인을 낳았다.

테드린은 티다르와 글리케인이라는 두 아들을 낳았다.

케이알리아는 자식이 없었다.

용마왕 아테인의 자식 중에 마지막까지 생존한 것은 사이베인뿐이고 나머지는 모두 전사했다. 그러니 아들이라고 하

면 자연스럽게 사이베인을 떠올려야 할 텐데 어째서 저런 반응이 나온단 말인가?

말하면 말할수록 납득할 수 없는 이질감이 강해진다. 석연치 않은 구석이 너무 많았다.

아테인이 말했다.

"그렇다. 용살의 의식을 만든 것은 나였다. 그 사실을 확인하고 싶었던 것인가?"

"아니다."

아리에타가 퍼뜩 정신을 차리고 고개를 저었다. 아테인이 물었다.

"그럼 무엇이 궁금한가?"

"조금 전 그대의 이야기를 들으니 떠올린 의문이다. 아테인이여, 혹시 바벨의 전설 역시 그대가 한 일인가?"

세상의 모든 이가 단 하나의 공통된 언어를 쓰게 된 이유, 바벨의 전설.

그것은 신화였다. 세상을 살아가던 누군가의 손으로 그런 일을 일으켰다는 것을 믿을 수 없는.

아테인이 태연하게 대답했다.

"그 또한 내가 한 일이 맞다."

"역시……."

예상한 대답이었음에도 아리에타는 전율했다. 용살의 의식이나 바벨의 전설이나 신화의 영역이라는 점에서는 마찬가

지다. 하지만 오랫동안 잊혔던 용살의 의식에 비해 바벨의 전설은 와 닿는 무게감이 달랐다.

아리에타는 침을 꿀꺽 삼키며 물었다.

"어째서 그리했는가?"

"할 수 있었으니까 했다. 그런 대답으로는 부족하겠는가?"

"부족하다."

"그럼 부연하지. 그대들이 아는 전설로 전해지는 것과 별로 다르지 않다. 그때의 나는 서로 언어가 달라서 생기는 의사소통의 장애가 많은 비극의 원인이라고 생각했다. 모두가 같은 언어로 소통한다면 많은 비극이 사라질 것이다. 모두가 서로를 이해하고 사랑할 수 있을 것이다……. 그렇게 믿고 행했지. 오랜 시간이 걸린 작업이었다. 내 기준으로도."

아테인은 아주 오래전, 인간에게는 제대로 기록된 역사 이전의 신화로 여겨지는 때의 일을 이야기했다.

"당시에는 마법이 지금보다 훨씬 원시적이었기에 재능 있는 자를 제자로 받아 내가 필요로 하는 인재로 길러내고, 그들의 일생이 다하도록 함께 방법을 연구했다. 마법의 비의를 원하는 자, 그리고 세상을 바꾸고자 하는 야심을 품은 자… 그런 자는 많았지. 결과를 얻기까지는 천 년쯤 걸렸던 것 같군."

"……."

아테인은 차분하게 말했지만 듣는 일행은 압도당하고 말

았다.

선의로 세상을 바꾼다.

그저 인간이 무리지어서 살기 위해 만들어낸 규칙, 사회 시스템의 차원이 아니라 사람이 서로 교합하여 태어나는 것처럼 세계의 섭리에 해당하는 부분부터.

그 일을 행하기 위해 그는 수많은 이에게 마법을 전하고 협력했다. 혼자서는 할 수 없는 일을, 누구도 끝까지 함께할 수 없는 시간 동안 노력해서 이루어내기 위해.

그리고 마침내 해냈다. 천 년이라는 장구한 시간 동안 노력한 결과, 온 세상의 인간들이 하나의 언어로 말하게 되었다.

"내가 실패했다는 사실을 알기까지 그리 오랜 시간이 걸리지는 않았다. 노력한 시간보다 훨씬 짧은 시간 만에 인정할 수밖에 없었지. 같은 말을 쓴다고 해서 인간이 서로를 이해하고 사랑하게 되는 것은 아니더군. 순진하고 어리석었지. 용살의 의식을 만들었을 때 그랬던 것처럼."

쓴웃음을 짓는 그를 보던 아리에타는 문득 자신이 떨고 있다는 사실을 깨달았다.

무섭다. 신화를 자신의 삶으로 이야기하는 그가, 셀 수도 없을 정도로 많은 이의 운명을 바꿔 버린 일을 마치 누구나 겪는 인생의 좌절처럼 이야기하는 그가.

눈앞의 존재는 신화의 주인공이다. 용마왕 숭배자들이 왜 그를 신격화해서 섬겼는지 이해할 수 있을 것 같았다.

아테인이 말을 이었다.

"그대가 원하는 대답이 되었는가?"

"…충분하다. 하지만 그 말대로라면, 당신은 정말로 장대한 실패를 되풀이해 오고 있는 셈이군. 용과 인간의 관계를 재설정하고, 세상의 언어를 하나로 통합하고, 그리고 용마왕군을 결성하여 세상을 정복하여 이상사회를 건국하려고 하고……."

"그래. 모두가 실패였지. 하지만 실패했다고 해서 이제 됐다, 더 이상 해봤자 안 될 게 뻔하다면서 포기할 수는 없지 않은가? 나는 여전히 살아 있고 할 수 있는 일이 남았으니."

"불굴의 의지는 싫어하지 않지만… 당신은 어느 시점에서 포기했어도 괜찮았을 거라고 생각한다."

"그 점에서는 그대와 나의 의견이 극명하게 갈리는구나. 후손이여. 나는 미래의 실패를 보았고, 인정했지만 여전히 멈출 생각이 없느니. 그것은 실패한 내가 짊어져야 하는 책임이다."

아테인이 고개를 저었다. 아리에타가 물었다.

"그 말은 당신은 또 뭔가 실패할 것을 뻔히 아는 일을 추진하고자 한다는 것인가?"

"그렇지는 않다. 흠. 그 부분은 내가 말실수를 한 것 같군. 하지만 상관없지."

아테인은 그렇게 중얼거리더니 물었다.

"그대와의 대화는 즐겁지만, 슬슬 할 일을 해야 할 것 같구나. 나의 후손 아리에타 바일 루레인이여, 그대가 정말로 궁금한 것을 묻거라. 대답하겠노라."

"…당신은 아젤을 죽일 생각이 없다고 말했다."

아리에타는 아테인이 결심을 굳혔음을 알아차렸다.

아리에타가 그와 이야기를 끌고 나간 것은 반쯤은 시간벌이였다. 아테인은 그런 의도를 알면서도 걸려주었다. 하지만 그것도 이제 끝이었다.

"그리고 우리는 그대가 아젤에게 저주를 건 이유가 아젤을 용마장군으로 만들기 위함이었음을 안다."

"어떻게 알아냈는지는 모르겠지만, 그 추측은 옳다."

"왜 그런 일을 하려고 하는가?"

아리에타는 이해할 수가 없었다.

분명 아젤은 아테인을 쓰러뜨린 영웅, 용마전쟁 시점에서 세계에 견줄 바가 없는 무력의 소유자였다. 하지만 그저 강하다는 이유로 적을 종속시킨다면 아테인의 휘하에는 그의 뜻에 반하는, 자유의지를 제한당한 존재들이 득시글거렸어야 정상이지 않았을까?

아테인이 위대한 어둠에 속하게 한 존재는 극소수였다. 그리고 그들은 아테인의 이상에 찬동한, 마음으로 따르는 자들이었다.

"유감스럽게도 거기에 대한 답은 나도 모른다."

"뭐라고?"

아리에타가 눈을 크게 떴다. 지금 자신을 조롱하는 것일까? 하지만 그렇게 여기기에는 아테인의 표정이 너무 진지하다.

"나도 그대에게 답해주지 못하는 상황을 애석하게 여긴다. 정말로 모른다."

"그대가 한 일이지 않은가?"

"아까 전에 유렌 리제스터가 지적했듯이 나는 완전히 부활하지 않았다. 적어도 그대들이 아는 용마왕 아테인을 기준으로 삼으면 그러하느니."

이 또한 묘한 뉘앙스를 풍기는 말이었다. 그러나 아테인은 더 이상 대화를 이어갈 생각이 없었다.

"답할 수 없음을 미안하게 생각한다. 자, 이제 그만 일을 마무리 짓도록 하지."

그리고 아테인의 앞에 둥둥 떠 있는 용마기 흑암전서로부터 어둠이 들불처럼 일어나기 시작했다.

8

유렌은 심호흡을 한 번 하고는 말했다.

"온다."

아테인은 지금까지 미적지근한 태도로 놀고 있었다. 미심

쩍은 점은 수도 없이 많았지만 그가 전력을 다하지 않았다는 것만은 분명했다.

'상황이 안 좋아.'

유렌은 아직까지 비장의 카드인 마족 합신을 쓰지 않았다. 마족 합신은 유지할 수 있는 시간이 길지 않다. 아테인이 전력을 다하기 시작했을 때 써도 충분했다.

라우라 역시 전력을 다하지 않기는 마찬가지다. 마법사로서의 그녀는 최선을 다했다. 그러나 그녀는 비탄의 잔의 힘을 모두 끌어내지 않았다.

비탄의 잔은 용마전쟁 때도 수많은 자를 공포로 떨게 만들었던 용마기다. 아운소르가 전투적인 측면에서는 아테인과 필적하는 마법사라고 평가받았던 것은 비탄의 잔을 가졌기 때문이었다.

라우라가 그 힘을 끌어낸다면 지금까지보다 한층 더 강력한 모습을 보이리라. 그러나…….

'할 수 있을까?'

유렌이 마족 합신을 하고, 라우라가 비탄의 잔을 최대한 활용한다고 해서 아테인에게 맞설 수 있을까?

상황은 시시각각 나빠지고 있었다. 수호그림자가 계속 모여들고 있기는 하지만 일행은 계속 목표에서 멀어져 간다. 유렌은 하늘에 띄워둔 마법의 눈으로 상황을 살피면서 입술을 깨물었다.

아테인은 수목의 왕 봉인을 거의 마무리 지었다.

레티시아는 계속 자신과 연계하는 수호그림자를 늘려가고 있는데도 점점 레이거스에게 밀리고 있다.

카이렌은 결국 알마릭이 인카네이션을 전개하는 것을 허용했다. 아젤에게 인카네이션 대응을 가르침 받고 뼈를 깎는 노력을 했지만 한계가 있었다. 그리고 일단 인카네이션이 전개되자 정신없이 밀리기 시작했다.

'위험해. 정말 최악이군.'

애당초 일행은 레이거스와 알마릭을 상대하기 위한 전술을 정립해 두었다.

아젤이라면 둘 중 어느 쪽이라도 단독으로 상대할 수 있다. 거기에 한 명만 지원에 나서면 충분히 압도할 수 있으리라.

아젤이 없는 상황이라도 일행 중 둘만 모인다면, 전사와 마법사가 짝을 이룬다면 충분히 승산이 있다. 일행의 전력은 그 수준까지 높아졌다.

하지만 아테인의 등장으로 모든 것이 엉망이 되었다. 최강의 카드인 아젤이 시작하기도 전에 빈사 상태에 빠지고, 유렌과 라우라, 아리에타가 아테인에게 묶여 버렸다.

'이 상태로는 도망칠 수 없어.'

유렌이 절망적인 결론을 내리든 말든 아테인은 공격을 개시했다.

—용마기 초래! 공허의 문지기! 꿈의 사도!

흑암전서를 포함, 총 세 개의 용마기가 동시에 초래되었다. 동시에 흑암전서로부터 온갖 마법이 쏟아져 나오기 시작했다.

"이, 이건……?"

동시에 유렌과 라우라는 한 가지 사실을 깨달았다.

흑암전서를 보면서 암혼의 서와 비슷한 용마기라고 판단했다. 사용자의 마력을 증폭해 주는 동시에 엄청난 양의 마법을 자유자재로 사용할 수 있게 해주는 기능을 할 것이라고.

그런데 아니었다. 완전히 착각했다.

'주인과는 단독으로 마법전을 수행 가능한 용마기였어?'

백염의 불사조나 울부짖는 불새와 비슷한 용마기였던 것이다. 심지어 그 안에 비장된 용마력은 라우라를 능가하고, 마법을 구사하는 능력은 유렌과 필적한다!

'어둠의 화신 같은 마법서가 둘이나 있다고? 말도 안 돼!'

아테인의 용마기 어둠의 화신은 실로 무서운 용마기였다. 그 자체로 또 다른 아테인이나 마찬가지였으니까.

인카네이션과는 다르다. 아테인과는 별개로 활동하는 또 다른 아테인의 열화판이라고 봐도 과언이 아닌 용마기였다. 온갖 마법을 구사하는 것은 물론 단독으로 아테인의 다른 용마기를 초래해서 쓰는 것까지 가능했다고 하니.

흑암전서는 그 정도는 아니지만 충분히 말도 안 되는 용마기였다. 용마기가 단독으로 라우라나 유렌과 필적하는 마법

사처럼 싸운다니!

"으윽! 아낄 때가 아니군!"

유렌은 더 망설이지 않고 마족 합신을 쓰려고 했다. 그런데 그때였다.

파칫!

"…어?"

합신하기 위해 마족을 불러내는 순간, 소환술이 차단당했다.

이유는 곧바로 깨달을 수 있었다. 아테인의 용마기 꿈의 사도의 힘이다.

"증오의 의념이 세계를 침탈하는 것을 금하노라……."

아테인이 나직하게 읊조렸다.

그의 주변에 떠 있는 꿈의 사도는 달과 별의 형상이 끄트머리에 달린 지팡이 형태의 용마기였다. 정신과 영혼의 세계를 지배하는 힘을 발휘하는 용마기는 굳이 복잡한 마법을 구사할 것도 없이 마족이 이 세계로 불려오는 것을 원천 차단할 수 있었다.

"마, 말도 안 돼……!"

유렌은 당황하면서도 재차 마족 합신을 시도했다. 하지만 안 된다. 어떤 방식으로 소환하려고 해도 꿈의 사도의 힘이 가로막는다.

마법사끼리 서로의 수법을 방해하는 것은 다양한 방법으

로 길을 막는 것과 같다. 하지만 목적지에 도달하는 길은 한 가지가 아니고 가는 방법 또한 마찬가지다. 모든 길과 방법을 막는 게 불가능하지는 않겠지만 그만큼의 수고와 희생을 필요로 한다.

그런데 꿈의 사도는 그냥 그 길 자체를 막아버리는 힘이 있었다. 목적지로 통하는 그 지점을 다 막아버리기에 어떤 길로 가도, 어떤 수단을 택해도 도달할 수가 없다.

이것이 바로 용마기의 힘이다. 마법사가 추구하는 합리적인 힘을 초월한 권능, 편법을 허용하는 기적의 도구.

"이런……."

유렌의 안색이 창백해졌다.

그는 순수한 인간 마법사로서는 대마법사라고 불려도 충분한 기량의 소유자다. 하지만 아테인을 상대로 하기에는 그것만으로는 부족하다.

아무리 뛰어난 기술을 가졌더라도 손에 쥔 패가 한정되어 있다면, 그리고 한 번에 내놓을 수 있는 패의 수가 적다면 할 수 있는 일은 그만큼 한정된다. 마족 합신이 없으면 유렌의 마력은 일행 중 가장 떨어지며, 그는 용마기도 용혼도 갖지 못했다.

문득 아테인이 말했다.

"흠. 아니지, 아니야……."

그가 고개를 젓는 것과 동시에 용마기 꿈의 사도가 해제되

었다. 마족 합신을 가로막던 힘이 사라지면서 유렌의 마족 소환술이 발동한다.

"해보거라. 위험하다는 이유로 귀중한 비술을 볼 기회를 날리고 싶지 않구나."

"……."

치가 떨리도록 오만한 발언이다. 동시에 아테인이 뼛속까지 마법사임을 알 수 있었다.

흔히들 말한다. 호기심은 파멸의 지름길이라고.

그리고 마법사야말로 그 선두주자라고 할 수 있는 존재였다. 알고 싶다는 욕망 때문에 마족을 불러내어 거래하는 것조차 서슴지 않는 족속이 아닌가?

"소원대로 해드리지!"

끔찍하게 불길한 마력 파동이 퍼져 나가면서 유렌의 갈색 머리칼이 격하게 휘날렸다. 청회색 눈동자가 붉게 타오르고 등 뒤에 검은 연기가 모여들어 악귀의 형상으로 이글거린다.

아테인의 눈이 이채를 띠었다.

"멋지군. 이 정도로 빠르고 안정적으로 구사한다는 것은 비술의 틀이 완전하다는 뜻일 터. 누가 그런 비술을 창조해냈는지 참으로 궁금하도다."

"그건 나도 궁금해."

말하는 동안 유렌의 마력이 폭증했다. 하지만 유렌의 정신은 고요하게 안정되어 있었다.

니베리스와 싸울 당시의 미숙함은 더 이상 찾아볼 수 없다. 마족 합신은 그때와는 비교도 할 수 없을 정도로 세련되게 다듬어졌다. 라우라 이상으로 폭증한 마력이 안정적으로 흐르고, 마력을 다루는 감각이 몇 배로 높아지고, 사고 속도가 빨라졌다.

하지만 부담이 없는 것은 아니다. 제어력이 월등히 올라가도 육신과 정신에 걸리는 부하 자체는 어쩔 수 없으니까.

다시 마법전이 시작되었다.

아까 전과는 상황이 달랐다. 서로가 진짜 실력을 보이고 있었다.

라우라와 유렌은 손발이 척척 맞았다. 통신 마법으로 빠르게 의사를 교환하면서 아테인을 압박해 갔다.

콰콰쾅! 콰콰콰콰쾅!

마법의 폭풍이 휘몰아친다. 아까보다 더 격렬하다.

전황은 여전히 팽팽했다. 본 실력을 드러낸 아테인은 무시무시했지만 감당할 수 없을 정도는 아니었다. 이유는 간단했다.

"비탄의 잔, 대단하군. 예전에는 이 정도는 아니었는데……."

아젤이 말한 것처럼 비탄의 잔은 마법사를 위한 용마기였다. 공간왜곡장을 일으키는 것만이 아니라 그 안에 비장된 수많은 마법은 마법사가 아니면 끌어낼 수 없었다.

라우라와 유렌은 비탄의 잔에 기대어 철저하게 선택과 집중을 행하고 있었다.

마법의 물량전으로만 보면 둘이 밀린다. 한 명과 두 명이 싸우는데 아테인이 구현하는 마법이 둘을 합친 것보다도 훨씬 많았다. 아까 전과는 비교도 안 되는 수준이다.

하지만 그 대부분이 공간왜곡장에 의해서 다른 곳을 치고 만다.

비탄의 미궁이나 무한의 광야 같은 큰 기술이라면 모를까, 자잘한 공간왜곡장을 연이어 펼치는 것은 아테인도 일일이 저지하기 어려웠다. 라우라는 맞설 마법과 흘려보낼 마법을 선별, 공간왜곡장으로 흘려보내거나 되돌려줌으로써 아테인을 압박하고 있었다.

아테인도 공허의 문지기를 이용해서 맞서지만, 공간을 다루는 데 있어서는 비탄의 잔이 훨씬 위였다. 그저 두 지점을 연결할 수 있는 공허의 문지기에 비해 비탄의 잔은 때로는 공간을 늘리고, 때로는 휘고, 때로는 끊는 등 변화무쌍하게 갖고 놀 수 있었다.

'안 되겠어.'

유렌의 얼굴이 절망으로 물들었다.

아테인의 압도적인 마법에 대등하게 맞선다. 거기까지가 두 사람의 한계였다.

도저히 국면을 반전시킬 수가 없다. 그러기는커녕 시간이

갈수록 야금야금 밀리고 있다.

게다가…….

콰콰쾅!

저편에서 폭음이 울렸다. 그리고 무언가가 날아와서 근방에 추락했다.

"공작님!"

갑옷이 반쯤 날아가고, 피투성이가 된 카이렌이 지상에 충돌하기 직전, 가까스로 자세를 바로잡으며 지면을 미끄러진다.

"헉, 헉, 허억……!"

곧바로 일어나려던 그가 비틀거리며 주저앉는다. 그리고 저편에서 알마릭이 광풍을 휘감고 다가왔다.

"오랜만에 간담이 서늘했다. 그 기술, 조금만 더 숙련도를 높였다면 내 목이 떨어졌을지도 모르지."

알마릭도 멀쩡한 모습은 아니었다. 그 역시 갑옷이 여기저기 망가지고 얼굴에도 상처가 나 있었다.

카이렌은 분전했다. 하지만 인카네이션을 쓸 틈을 안 주고 몰아치던 초반에는 알마릭의 숨통을 끊을 결정력이 부족했고, 인카네이션이 구현된 후에는 버티는 게 고작이었다.

꽈과과과과광!

그리고 잠시 후, 숲 저편에서 굉음이 울려 퍼지며 장대한 흙먼지가 일었다. 척 봐도 혼쇄의 인이 포효했음을 알 수 있

는 현상이었다.

그 위로 누군가 솟구친다. 청백색 용혼을 휘감은 레티시아였다.

〈간만에 재미있었다! 아가씨!〉

불쑥 순동법으로 그 앞에 나타난 것은 레이거스였다. 변신을 완료해서 갑옷이 순백으로 물들고 해일 같은 용마력을 뿜어내고 있었다.

레티시아는 자세가 무너진 채로도 결사의 각오로 반격하려고 했지만 실패했다. 그러기에는 레이거스의 속도가 너무 빨라져 있었다.

쾅!

폭음이 울리며 레티시아가 추락했다. 그 자세에서도 용케 직격은 피했지만 팔이 부러져서 창을 놓치고 말았다.

"으으윽, 이런, 하여튼… 계획대로 되는 일이, 없군……."

추락한 레티시아는 부들부들 떨다가 축 늘어지고 말았다.

"마무리가 된 것 같군."

그리고 그동안 아테인은 수목의 신 봉인 작업을 끝냈다. 동시에 라우라와 유렌을 몰아치는 마법의 압력이 한 차원 증가했다.

지금까지의 팽팽함이 거짓말이었던 것처럼 전세가 기울었다. 라우라와 유렌의 낯빛이 절망으로 물들었다.

절체절명의 상황에서 아테인이 물었다.

"계속하겠는가?"

9

이것이 마지막 질문이다.

유렌은 그 사실을 깨달았다.

아테인은 정말로 일행을 죽이고 싶어 하지 않았다. 살려주면 반드시 다시 적으로 마주할 것임을 알면서도, 무슨 이유에서인지 이 자리에서 승부를 내는 것을 꺼려한다.

아젤만 내주면 곱게 살려서 보내줄 것이다. 그런 의도를 노골적으로 드러내고 있었다.

'왜지?'

일행이 죽이기에는 아깝다고 생각해서?

그런 낭만적인 이유인 것 같지는 않다. 그러기에는 일행은 너무 강력한 존재들이었다.

분명 패하기는 했지만 상황에 따라서는 결과가 뒤집혔을 수도 있다. 아테인이 없었다면, 아젤이 초반에 저격에 당하지 않았다면 알마릭과 레이거스만으로 일행을 제압할 수 있었을까?

아니다. 이쪽의 승산은 충분했다.

직접 싸워보고 나니 확신할 수 있었다. 우려했던 것과 달리 일행의 전력은 충분히 강하다.

아테인도 그것을 모르지 않을 것이다.

'그런데 왜 우리를 살려두고 싶어 하지?'

심지어 알마릭과 레이거스도 그 뜻에 동참하고 있다. 카이렌과 레티시아를 죽이지 못한 것이 아니다. 죽이지 않은 것이다.

유렌은 필사적으로 생각했다. 목에 칼이 들이대어진 상황에서 생각하고 또 생각한다…….

'젠장. 모르겠어. 정보가 너무 부족해.'

결국 유렌은 답을 내기를 포기하고 말했다.

"…분명 이유가 있겠지."

"음?"

"당신이 아젤을 위대한 어둠에 종속시키려는 것도, 굳이 우리를 살리려고 하는 것도 다 이유가 있겠지."

"당연하다."

"그리고 우리는 여기서 아젤을 당신들에게 넘겨주고 목숨을 보전할 수도 있겠지. 당장 목이 떨어질 판이니 당신들의 오만과 관용에 기대어, 다음 기회를 기약하는 것이 현명할지도 모르지."

"무슨 말을 하고 싶은 건가?"

아테인이 고개를 갸웃했다.

유렌은 힘없이 웃으며 말했다.

"나는 무서웠어."

그의 질문을 무시한 채로 자기가 하고 싶은 말을.

"목숨을 잃는 것은 무섭지 않아. 어떤 죽음을 맞이하는지가 만족과 불만족을 결정할지는 몰라도, 죽음 자체는 두렵지 않아."

"흥미로운 이야기군. 그럼 무엇이 무서운가?"

아테인이 흥미를 드러냈다. 알마릭과 레이거스는 또 마법사들끼리 무슨 헛소리를 주고받으려나 하고 지겨워하는 기색이었지만 아테인도 유렌도 개의치 않았다.

유렌이 말했다.

"내가 누구인가, 그게 제일 무서웠어."

"흠. 자신의 정체성에 대한 이야기를 하고 싶은가? 이 자리에서 하기에는 뜬금없는 이야기가 아닌가 싶구나."

"비슷하지만 좀 다른 것 같아. 아테인, 당신이 무서워했던 것은 뭐지? 아젤에게 들으니 당신은 두려움을 모르는 것 같았는데."

"글쎄."

"무엇이 두려워서 그렇게 열심히 세상을 바꾸려고 한 거지?"

아테인이 움찔했다. 처음 질문에는 별 반응이 없었지만 이번에는 태도가 변한다.

"아마도……."

잠시 고민하던 그가 대답했다.

"…혼자 남는 것이 가장 두려운 것 같구나."

"고독을 말하는 거야?"

"그렇다."

실로 묘한 분위기가 형성되고 있었다. 알마릭과 레이거스도, 일행도 어이없어하는 표정으로 둘을 바라본다.

하지만 둘은 진지했다.

"내가 품은 두려움이 나를 이룬 마족으로서의 부분에서 비롯된 것인지, 아니면 인간을 비롯한 지성체라면 당연히 품는 것인지는 모른다."

아테인이 말을 이었다.

"나는 혼자가 되는 것이 두려웠다. 부모 없이 대지를 걷기 시작한 뒤로 내가 다른 자들과 다른 시간을 살아가고 있음을 깨닫게 되기까지는 오랜 시간이 걸리지 않았다."

"인간을 보면서 느낀 건가?"

"처음에는 그랬지. 하지만 내 동족들이 나타난 후로는 그들 역시 그런 깨달음의 대상이 되었다."

1세대 용마족 중에서도 수명 한계를 초월하는 자는 극히 드물다. 그리고 수명 한계를 초월했더라도 외적 요인에 의해 사망한다면 결국은 죽음을 맞이하게 된다.

"모두가 나보다 늦게 나고, 빨리 죽어갔다. 처음에는 그게 상처가 되었다. 하지만 어느 순간부터는 덤덤해졌지. 관심을 두고 애정을 주었던 존재가 시간의 흐름 속에 사라지는 것은

익숙한 일이 되었다."

그런 경험이 누적되면서 아테인이 세상을 보는 시각이 점점 확장되어 갔다. 개개인만을 보는 게 아니라 그가 속한 마을을, 도시를, 국가를… 마침내 인류라는 종을 넘어 세상 전체를 보고 생각하게 되었다.

"생명을 받고 태어난 자가 시간의 흐름 속에 늙고 쇠하다 죽어가는 것은 당연한 일이다. 때로는 기쁘고 때로는 슬프지만, 결국은 맞이해야 할 필연."

아테인도 한때는 소중하게 여겼던 자를 자신의 곁에 붙잡아두고 싶어서 온갖 시도를 했다. 하지만 결국은 겸허하게 그것을 받아들였다.

문제는 생로병사의 기준이 한 개체가 아니라 집단이 되었을 때였다.

인간이 상처입거나 병들거나 늙어서 죽어가듯이, 그들이 무리 지어 만든 공동체도 마찬가지였다. 세상에 영원한 것은 아무것도 없었다. 장구한 역사를 지닌 국가조차도 아테인의 입장에서 보면 언젠가는 수명이 다해 사라질 것에 지나지 않았다.

역사가 흐르면서 그런 사례를 볼 때마다 아테인의 두려움은 커져갔다.

"유렌 리제스터, 그대는 세상에 인간과 용마족 말고도 많은 지성체가 있다는 사실을 알고 있는가?"

"그야… 당장 오크만 해도 지성체이기는 하지."

인간은 세상에서 가장 수가 많고 번성한 지성체다. 유일한 지성체가 아니다.

아테인이 말했다.

"고대에는 인간만큼이나 번성했던 지성체도 있었다. 아르프라고 불렸던 종족이었지. 아마 인간에게도 전설로는 남아 있을 것이다."

"혹시 대지의 자식들 말인가?"

"그렇게도 불린다. 그들이 멸망한 것은 오성국 시대의 일이지. 한때 확고한 영역을 차지하고 독자적인 문명을 발전시켰던 그들은, 나의 과오로 인해서 멸망했다."

"뭐라고?"

생각지도 못한 이야기였다.

아테인이 아련한 눈으로 허공을 보며 말했다.

"용살의 의식 때문이었다."

아테인이 용살의 의식으로 인간과 용의 관계를 재설정함으로써 세상은 격변했다. 작은 무리로 흩어져 있던 인간들은 하나로 뭉쳐서 급격하게 영역을 넓혀갔다.

그리고 결국 인간과 아르프가 부딪쳤다.

"대지의 자식이라 불리는 아르프는 용과 공존하는 자들이었다. 그들이 무리 지어서 발산하는 힘이 용의 영역에 활력을 제공했기에 용은 그들에게 적대하지 않았지."

대신 아르프는 수가 적고 손이 귀했다. 오래전에 인간만큼 번성했던 것은 그만큼 용 때문에 인간의 수가 적었으며, 아르프는 인간보다 훨씬 장수하는 종이었기 때문이다.

세력을 확장하기 시작한 인간의 탐욕은 끝이 없었다. 그리고 아르프 역시 탐욕스러웠다.

"당시에 아르프는 인간을 노예로 부리고 있었다. 지성이나 감성과는 별개로 아르프는 나면서부터 인간보다 월등한 전투 능력을 가졌기 때문에 자연스러운 결과였다고 할 수 있었지."

오지의 폐쇄된 사회 속에서 용마족이 인간 위에 군림하는 것과 다를 바가 없었다. 그저 아르프는 용마족보다 수가 많고, 인간과의 사이에 자손을 볼 수 없는 이질적인 종이었을 따름이다.

두 탐욕스러운 종의 격돌은 한쪽의 멸망으로 끝났다. 아테인은 어떻게든 사태를 수습해 보고자 했으나 결국 아르프는 멸종하고 말았다.

아테인이 다른 화제를 꺼냈다.

"유렌 리제스터여, 그대들은 위대한 어둠의 실체를 알았을 것이다. 그랬기에 기둥을 파괴하였겠지. 그런데 그 안에 무엇이 있는지 전부 알고 있는가?"

"글쎄."

"정보를 감추는 이유는 알겠지만 말하는 편이 이득일 것이

다. 레제노르에 대해서 아는가?"

"……."

"모르는군."

"그게 누구지?"

"그는 최후의 아르프였다."

10

아르프는 멸종했으나, 단 한 명의 생존자가 있었다. 마법의 힘으로 섭리를 초월하고, 종의 수명 한계를 넘어선 그는 바로 레제노르라고 했다.

"이 시대 기준으로는 1,500년 정도 전에 위대한 어둠에 봉인되었지. 그대들이 그에 대해서 모르는 것이 다행이다."

"어째서지?"

"그를 깨웠다면 지금쯤 세상이 낙원이 되었을지도 모르니까."

"뭐?"

이해할 수 없는 소리다.

아테인이 웃으며 말했다.

"그대들은 내가 봉인한 초월자들의 면면을 보았으니 알 것이다. 그들은 하나같이 섭리를 초월한 권능을 손에 넣은 자들이었다."

"그랬지. 지금 와서는 그렇게까지 무섭지는 않았지만……."

"쓰러뜨릴 수 있는 수단이 있으니, 그리고 그들이 오랜 시간 동안 봉인되어 세상의 변화에 뒤쳐졌으니 그럴 수 있었다고 생각하지 않는가?"

"…그 점은 인정해."

죽음의 왕 벨런만 하더라도 그렇다. 그는 자신이 활동하던 시대에는 재앙으로 군림하던 대마법사였다. 그에게 반년 정도의 시간만 주어졌어도 감당할 수 없는 재앙이 되었을 가능성은 충분하다.

아테인이 말했다.

"레제노르가 얻은 권능은 '시간' 이었다."

"그 말은, 시간을 자기 마음대로 조작할 수 있었다고?"

"바로 그렇다."

아르프 최후의 생존자 레제노르는 시간의 힘을 다루는 대마법사였다.

그는 아주 넓은 영역의 시간을 감속하거나, 가속하거나, 멈춰 버릴 수 있었고 심지어 그 안에 있는 존재들에게 각자 다른 시간 흐름을 적용할 수도 있었다.

"시간에 개입할 수 있는 힘이 없다면 도저히 대적할 수 없는 초월자였다. 그리고 그가 꿈꾼 세상은……."

본래 레제노르가 원하는 것은 과거로 회귀하는 것이었다. 하지만 아무리 시간을 조작하는 권능을 손에 넣었어도 일어

난 일을 부정하는 것은 불가능했다.

그가 무의미한 시도를 계속하는 동안 오랜 시간이 흘렀다. 지치고 절망한 그는 동족을 되찾겠다는 비원을 포기한 채 세상에 녹아들었고, 한때는 증오했던 자들 속에서 사랑하는 얼굴을 찾아냈다.

"그리고 나와 비슷한 결론에 도달하였다."

다시는 혼자가 되기 싫다.

오랫동안 레제노르는 고독했다. 고독 속에서 증오만으로 스스로를 지탱했으나 그것도 한계가 있었다.

비원을 포기하고 다시금 세상을 사랑하게 된 그는 비극이 되풀이되는 것을 두려워했다.

자신의 종족이 멸종했던 것처럼 자신이 관심을 두었던 사람이 죽고, 불행해지고, 그가 속했던 무리가 사라지는 것이 무서웠다. 사랑했던 것들을 잃는 상실과 홀로 남는 고독이 두려워서 견딜 수 없었다.

"그래서 그는 세상을 낙원으로 만들기로 했다. 더 이상 누구도 불행해지지 않는 낙원으로."

그곳에는 분쟁이 없다. 차별도 없다. 굶주림도 없고 병으로 죽어가는 존재도 없다. 생사필멸의 이치에서 벗어났기에 늙어서 쇠하는 일도 없다.

모두가 꿈꾸는 낙원이다. 동시에 모두가 이 세상이 그렇게 될 수 없다는 사실을 인정하고 있었다.

"하지만 레제노르는 할 수 있다고 생각했다. 그리고 그렇게 할 능력이 있었다."

"어떻게 말이지?"

"시간."

모든 것은 시간의 흐름 속에서 일어난다. 시간이 흐르기 때문에 인간은 굶주린다. 쇠락한다.

그리고 거기서부터 모든 문제가 발생한다.

'시간의 흐름이야말로 만악의 근원이다.'

시간을 정지시키는 것만이 답이다. 완벽하게 정지한 세상 속에서, 누구도 태어나지 않는 대신 누구도 죽지 않으리라.

"우리가 인식하는 물질세계의 시간을 정지시켜서 모든 문제를 없앤다. 그리고 구성원들은 꿈을 통해 연결된 정신세계에서 서로 소통하며, 모두가 만족할 수 있는 삶을 산다. 영원히."

모든 가능성을 말살하고, 존재하는 자들만이 영원한 평온과 만족을 누리는 세계.

그것이 레제노르가 구상하고 실현하려던 낙원이었다.

유렌이 질린 표정으로 말했다.

"…미친놈이었군. 하긴 당신이 봉인한 초월자들은 다들 그랬지."

"그래서 봉인하였다. 그의 심정, 그의 구상에는 어느 정도 공감하는 면도 없지 않았으나… 나는 새로운 가능성이 태어

나지 않는 세계가 영원할 리 없다고 판단했다. 정신세계와 물질세계는 동전의 양면과 같으니 어느 한쪽이 새로운 가능성을 생산해 주지 않는데 다른 한쪽이 고갈되지 않을 리가 만무하다."

유렌의 표정이 이상해졌다. 아테인이 댄 이유가 자신이 떠올린 것과는 전혀 달랐기 때문이다.

"그 말은, 당신은 그 낙원이 정말로 영원할 거라고 판단했다면 그를 막지 않았을 거라는 소리야?"

"아마도 그랬을 것이다. 그건 분명 세상의 온갖 문제를 초월하여 이상향을 이룰 가능성이었으니까."

"……."

"레제노르의 목표는 내가 봉인한 열두 명의 초월자 중에 가장 현실적이고 이상적이었다. 다른 자들은, 그대가 접한 자들처럼 도저히 인정할 수 없는 주장을 펼치고 있었지."

"그걸 현실적이라고 하다니, 당신도 미쳤군."

"인간의 보편적인 관점으로 본다면 그럴 수 있다는 점도 부정하지 않겠다. 그러나……."

아테인은 담담하게 말을 이어갔다.

"그들은 모두 나와 같은 생각을 하고 있었던 것이다."

"낙원을 만들고 싶다? 하긴 당신이 용마전쟁을 일으켰던 목적도 이상국가 건국이었지."

"아니, 내가 말하는 것은 보다 근본적인 것이다. 그들은 하

나같이 언젠가는 자신이 혼자가 될 것이라고 생각했다."

인간은 죽는다.

인간이 만든 국가도 언젠가는 사라진다.

그리고…….

"인류도 언젠가는 멸종할 것이다."

자신이 사랑했던 개인이 떠나가는 것은 슬프지만 겸허하게 받아들일 수 있다. 하지만 더 이상 소통하고 공감할 대상이 아무도 남지 않는다는 공포는 도저히 받아들일 수 없었다.

아테인만이 아니라 그가 봉인한 초월자들 모두가 그랬다.

다들 언젠가는 인류가 멸망할 것이라고 생각했다. 가만히 놔두면 인간이 지닌 끝 모를 악의가 스스로를 죽여 버릴 테니 어떻게든 막아야 한다. 자신의 방법만이 영겁의 미래를 보장하는 유일한 방법이라고 확신하고 있었다.

"내가 만든 것들이 계승되고 발전되는 것이 좋았다. 나의 이야기가 전해지는 것이 좋았다. 왜곡되어도 좋다. 망각되어도 좋다. 똑같은 어리석음을 반복하는 것조차도 좋다. 아무래도 좋으니 그저 세상에 홀로 남겨지지 않기만을 바랐다……."

장구한 시간을 살아가는 아테인은 언제나 모두에게 이방인으로 남아 있었다. 그리고 그와 같은 시간을 공유할 수 있는 존재는 아무도 없었다. 용마장군들조차도 아테인에게 있어서는 어린애나 마찬가지였으니까.

헤아릴 수 없이 많은 만남과 헤어짐을 반복하다 보니 개개인에 대한 관심과 애착은 희미해지고 언제나 전체를, 먼 곳을 보게 된다. 그의 목적은 인류, 아니, 모든 지성체의 생존과 행복이었다.

유렌이 말했다.

"당신, 생각했던 것보다 더… 정말 어마어마한 스케일로 이기적이군."

"부정하지 않노라. 나는 나 자신을 위해 세상을 바꿨다. 그리고 바꾸고자 한다."

"하지만 조금은, 아주 조금이지만 당신의 심정을 알 것도 같아."

"인간인 그대가 말인가?"

아테인이 고개를 갸웃했다. 그의 입장에서는 하루살이나 마찬가지인 인간 청년이 하는 말인데도 비웃거나 화를 내는 기색은 없다. 그저 의아해할 뿐이었다.

유렌이 말했다.

"당신 때문이야. 이미 알고 있겠지만 나는 당신을 신으로 섬기는 광신도들 사이에서 자랐어."

"알고 있다."

"그곳은 광신도를 만드는 공장이었지."

용마족 숭배자의 육성기관은 무지한 아이들에게 광기를 주입해서 광신도로 만들어내는 공장이었다. 그곳의 아이들

은 하나같이 세상의 상식과는 거리가 먼 사고방식을 갖고 있었다.

용마왕 숭배자가 아닌 자들은 다들 무지한 죄인이다. 얼마든지 죽여도 된다. 아니, 죽여 없애는 것이 선의이며 그것을 위해서는 스스로의 목숨 따위는 아까워하지 말도록 해라.

모두가 똑같은 사고방식을 가진 곳에서 유렌은 인도자에 의해 각성했다. 그리고 그때부터 외톨이가 되었다.

분명 같은 공간에서 숨을 쉬고 같은 언어를 쓰는데 그들과는 아무것도 공감할 수 없었다. 유렌에게 있어 그들은 인간의 형상을 한 괴물이나 다름없었다.

"같이 즐거워할 수 없고 같이 슬퍼할 수 없어. 아주 시시한 일이라도 좋아. 같이 킬킬거리며 웃을 수만 있어도 좋을 텐데, 도저히 그럴 수가 없었지."

겉으로는 그럴 수 있었다. 그러나 그 모든 것이 살기 위한 필사적인 연기였다.

공포와 고독, 두 가지만이 유렌을 지배하고 있었다. 아주 오랜 시간 동안.

"그래서 난 당신이 말하는 것을 조금은 이해할 수 있을 것 같아, 아테인."

"그렇군……."

아테인은 쓴웃음을 지었다. 그는 유렌이 자신을 이해한다는 것을 부정하지 않았다. 이 순간 두 사람은 작으나마 서로

의 고독에 공감하고 있었다.

유렌이 말했다.

"처음으로 돌아가 볼까? 나는 그래서 무서운 거야."

"그것이 그대의 정체성과 무슨 관계가 있는지 나는 이해하지 못하겠다."

"나는 내가 누구인지 몰라. 칼로스 리제스터의 후손이고, 용마왕 숭배자들의 손에 인간병기로 길러진 존재? 그것만으로는 불충분해. 조금 전에 말했지? 나는 내가 인도자라 부르는 정체불명의 존재에 의해 각성했다고."

"그랬지. 나도 그의 정체가 무척 궁금하군."

"곧 알 수 있을지도 모르지. 어쨌든 누군가 내 운명을 계획하고 있었고, 나는 자유를 이해하고 운명을 선택할 수 있었다는 것만으로도 그에게 감사해."

"그런데 왜 두려운가?"

"나는 오랫동안 고독했어. 하지만 지금은 고독하지 않아."

유렌이 동료들을 돌아보았다. 굳이 왜라고는 말하지 않는다. 지금 하는 말만으로도 낯간지러워서 견딜 수 없을 것 같으니까.

"그런데 내 정체가 나를 고독하지 않게 해준 사람들을 상처 입힐까 두려워."

유렌은 그렇게 말하며 품에서 무언가를 꺼냈다. 아무런 특징도 없는 주먹만 한 크기의 철제 상자였다.

칼로스가 그에게 준 것이다. 희망의 상자라고 이름 붙였던, 여는 순간 돌이킬 수 없는 파멸을 맞이하게 될 것이라고 경고했던 바로 그 물건.

"아젤."

유렌은 여전히 시선을 아테인에게 둔 채로 말했다.

"깨어 있는 거 알아. 그러니까 대답해 주지 않을래?"

"유렌, 너……."

아젤의 대답이 돌아왔다.

당혹스러워하는 기색이 역력하다. 유렌이 자신이 깨어난 것을 간파했기 때문이 아니라, 굳이 그것을 적들도 알 수 있도록 밝혔기 때문이다.

아젤은 아리에타의 도움을 받아서 아테인의 저격으로 입은 상처를 응급처치하고 반격의 기회를 엿보고 있었다. 부상이 심하기는 하지만 수호그림자로 몰아붙이면서 일순간이나마 전력으로 인카네이션을 펼친다면 빠져나갈 수 있는 틈을 만들 수 있을 거라고 판단했기 때문이다.

그런데 유렌의 한마디로 계획이 수포가 되어버렸다. 유렌도 그 사실을 잘 알 텐데 그는 담담하게 말을 이어가고 있었다.

"칼로스 님과 나에 대해서도 이야기했지?"

"……."

"나한테 말해주기 힘든 비밀이 있다는 거, 눈치채고 있었

어. 솔직히 그곳에서 나한테만 이거 하나만 달랑 준 시점에서 칼로스 님의 태도는 뻔했지.”

다른 일행과 달리 유렌은 믿을 수 없는 상대다. 그렇게 판단했기에 전력을 강화시킬 물건도 주지 않고, 마법서도 라우라만 볼 수 있도록 조치했으리라.

유렌은 바보가 아니었기에 그 사실을 쉽게 알아차릴 수 있었다. 상처받지 않았다고 하면 거짓말이지만, 그래도 이해했다.

“나도 나를 믿을 수 없어서 무서워하고 있는데 남에게 믿어달라고 할 수는 없잖아.”

유렌은 아젤을 보며 씁쓸하게 웃었다. 아젤도 눈을 뜨고 그와 시선을 마주했다.

“감사하고 있어.”

그의 시선이 동료들에게로 향한다.

아젤, 라우라, 카이렌, 레티시아, 아리에타……

“당신들을 만나서 나는 조금이나마 나를 좋아할 수 있게 되었으니까.”

“유렌…….”

“칼로스 님이 추측한 내 정체가 뭔지 말해줘. 네게 듣고 싶어.”

순간 아젤은 유렌의 눈에서 익숙한 감정을 읽었다. 지긋지긋할 정도로 많이 보아온, 더 이상 타인의 눈에서 보고 싶지

않았던 감정을.

그는 여기서 죽을 생각이다.

아젤의 계획을 알아차렸으면서도 파탄 낸 것은 각오를 굳혔기 때문이다. 아젤의 계획이 성공할 확률보다 자신이 여기서 희생하는 쪽이 더 나은 결과를 얻을 수 있다고 판단한 것이다.

"…칼로스는 네가 케이알리아의 전생체일 수도 있다고 추측했어."

"케이알리아라면 아테인의 세 번째 비? 어째서지?"

이해할 수 없었다. 사실 유렌은 아운소르나 발타자크의 이름이 나올 것이라고 추측하고 있었다. 칼로스가 위대한 어둠 속에서 벌어진 싸움으로 부활을 막았던 그 둘이 자신이라는 형태로 전생했을 가능성을.

아젤이 말했다.

"잘 알려지지 않았지만 케이알리아는 전생의 비술을 지닌 존재야. 아테인의 비가 되기 전에는 자신만의 왕국에서 계속 후손으로 다시 태어나면서도 까마득한 세월 동안 살아왔다고 하더군. 그리고 그만큼 강했지."

"아아, 그래서였군."

납득이 간다. 유렌 자신이 추측하는 스스로의 정체와도 잘 맞아떨어지지 않는가?

그러나 동시에 그건 아니라는 확신이 들었다.

'나는 케이알리아가 아니야.'

이 순간 레이거스가 살아 있는 몸이었다면 유렌은 그의 표정을 보며 좀 더 이상한 느낌을 받았을지도 모른다. 잠시 움찔했을 뿐 표정 관리를 하고 있는 알마릭과 달리, 그는 분명히 퍽 이상한 표정을 짓고 있었을 테니까.

하지만 불사체가 된, 심지어 변신 상태라 얼굴이 빈틈없이 가려진 레이거스의 표정은 누구에게도 보이지 않았다. 그래서 유렌은 오로지 스스로의 느낌만을 믿었다.

아젤이 말했다.

"칼로스가 알아낸 바에 따르면 케이알리아는 각성하기 전까지는 전생 후의 인격으로 살아간다더군. 즉 어느 순간 케이알리아로 각성한다는 것을 생각하면… 네가 각성하는 그 순간 용마장군과 필적하는 대마법사로서 우리의 적으로 돌아설 것을 우려했던 거야."

아젤은 라우라에게 말했다. 유렌이 우리의 적이 될 일은 없을 것이라고.

거짓말은 아니었다. 유렌의 정체가 케이알리아라면, 각성하는 순간 유렌이라는 자아는 죽고 케이알리아가 그 자리를 대신할 테니까.

"고마워."

아젤의 대답을 들은 유렌이 환하게 웃었다.

"이제 미련은… 뭐 솔직히 많이 남았지만 그럭저럭 버려두

고 갈 수는 있을 것 같아."

자신의 정체가 무엇인지는 모른다. 계속 두려워했던 것처럼 각성하는 순간 일행의 적이 될 가능성도 충분하다.

그러니까 지금이 적기다.

자신의 조상인 칼로스를 믿는다. 자신의 정체를 의심하는 그가 건네준 물건이 아젤에게 해가 되는 것일 리 없다.

'내 정체가 무엇이든 상관없어.'

자신이 동료들을 적대할 일이 없다는 것이 중요할 뿐이다. 진실은 그의 영혼을 파멸시킬지도 모르지만 동료들을 구하는 대가라면 기쁘게 받아들이리라.

"기다려 줘서 고맙군, 아테인."

"아직 할 수 있는 일이 남았는가?"

"기쁘게도, 그래."

유렌은 희망의 상자를 쥐었다.

"아젤, 라우라, 아리에타."

그리고 의식을 유지하고 있는 사람들을 돌아보며 웃었다.

"레티시아랑 공작님한테도 고마웠다고 전해줘."

상자가 열리고 그 속에서 새카만 어둠이 쏟아져 나오기 시작했다.

CHAPTER 42
과거와 미래

魔展
龍劍

1

어쩌면 본능적으로 알고 있었는지도 모르겠다. 자신이 신기루 같은 존재라는 것을.

유렌은 이방인이었다. 스스로의 뿌리에 대해서 의심하고 괴로워하지 않았던 적은 오직 용마왕 숭배자들에게 광신도로 길러지던 시절뿐이었다.

인도자에 의해 각성한 뒤로 그는 망망대해를 항해하는 기분이었다.

스스로의 의지로 세상을 보고, 운명을 선택할 수 있게 되었다는 사실을 기꺼워하면서도 마음 한편으로는 늘 스스로가 누군지에 대한 의문을 품고 있었다.

그리고 그 의문이 풀어지는 순간을 두려워하고 있었다. 지금 이때까지는.

'알게 뭐야?'

이제는 다르다. 후련한 마음으로 웃을 수 있다.

어차피 자신은 여기서 죽는다. 그러니까 그동안 품어온 의문의 답이 아무리 잔혹하더라도 홀가분하게 받아들일 수 있었다.

'그렇군.'

곧 유렌은 칼로스가 준비한 안배가 무엇인지 알아차렸다.

칼로스는 유렌에게 걸린 제약을 깰 마법을 준비했다. 유렌이 계속해서 전생하는 존재고 인도자가 잠재의식이라면, 그 속에 비장된 기억을 한꺼번에 끌어냄으로써 유렌이 언젠가 쓸 수 있게 되었을 잠재력을 일거에 격발시킨다.

그 과정에서 유렌의 자아는 파괴될 것이지만 어차피 목숨을 도외시한 최후의 수단이다. 뒷일 따위는 고려하지 않는다.

목적을 이루기 위한 수단은 그것만이 아니다. 이곳에서만큼은 유렌을 무적의 존재로 만들 수 있는 비장의 카드가 준비되어 있었다.

'수호그림자를 마력 공급체로 써서 단기적으로 내 그릇을 월등히 초월한 마력을 쓸 수 있게 되는 거군. 지금 주변에 모여든 수호그림자 개체는 600을 넘었고 계속해서 증가 중이

다. 이들을 구성하는 마력을 연소시켜서 사용한다면 확실히 무적의 마법사가 될 수 있겠어.'

이제부터 유렌이 쓸 수 있는 마력은 아마 대적할 자를 찾기 어려운 수준이리라.

그 대가로 유렌은 목숨을 잃겠지만, 이것 역시 상관없는 일이다.

—이번 생은 이런 식으로 끝나는군.

문득 유렌의 머릿속 한구석에서 익숙한 목소리가 중얼거린다. 늘 꿈속에서 들어왔던 인도자의 목소리였다.

—예상치 못한 끝이었다. 죽음을 맞이하기 전에 깨어나다니.

"늘 그런 식이었나?"

유렌이 물었다. 동시에 답에 해당하는 기억들이 떠올랐다.

200년이 넘는 시간 동안 인도자는 열네 번의 전생을 거쳤다. 그중 반 이상은 장성하기도 전에 죽음을 맞이했다.

그는 늘 사회 밑바닥의 가혹한 존재로 태어났고 타고난 숙명을 극복하기란 어려운 일이었다.

때로는 굶주려 죽었으며 때로는 병으로 죽었고 때로는 타인에게 살해당했다.

인도자의 꿈이 발현되는 것은 최소한 본인의 자아가 뚜렷하게 발현된 후, 보통은 열두 살에서 열다섯 살 사이의 일이다. 그렇기에 많은 전성체가 인도자를 접하지도 못하고 가혹

한 운명 속에서 죽어갔다.

그리고 늘 삶의 끝에서 인도자가, 맨 처음 전생을 시작한 존재가 깨어났다.

짧은 순간 최초의 자아를 되찾은 그는 삶에 남은 미련을 정리하고 다시 전생하는 과정을 거쳤다.

—그랬지. 이번에는 달랐지만… 아무래도 이번이 끝일 것 같군.

"나도 동의해. 미몽은 이걸로 끝이야."

왠지 모르지만 유렌도 확신할 수 있었다. 이것이 인도자의 마지막 전생이다.

—미련은 없나?

"있지. 넘치도록."

아직 하고 싶은 일이 많았다. 고독을 치유해 준 동료들과 함께 미래를 위해 싸워 나가는 시간이 너무 충실해서, 그들과 함께 이 싸움의 결말을 보고 그 이후를 살아가고 싶었다.

"하지만 이제는 됐어. 내가 할 수 있는 일은 여기까지니까. 이 자리에 다 버리고 가겠어."

진심을 말한 유렌이 인도자에게 물었다.

"그런데 당신의 정체는 대체 뭐지? 이제는 알려줄 때가 되었잖아?"

—아직도 모르겠나?

인도자는 묘한 어조로 물었다. 왠지 즐거워하는 듯한, 동시에 씁쓸한 기색이 섞인 목소리였다.

2

"위대한 어둠?"

아테인은 당혹감을 느꼈다. 유렌이 연 상자에서 쏟아져 나오는 것은 분명 위대한 어둠이었다.

그 느낌이 옳았음을 증명하듯, 땅 밑으로부터 들불처럼 어둠이 피어올랐다. 봉인된 수목의 신 주변에 고여 있던 위대한 어둠의 흐름이 상자로부터 쏟아져 나온 어둠과 호응하고 있는 것이다.

오오오오오오…….

먼 곳에서 노랫소리가 울려 퍼지기 시작했다. 레이거스가 놀라서 말했다.

〈뭐야, 저놈들 상태가 이상한데?〉

먼 곳에 뭉쳐 있던 수호그림자들이 하얀 파도처럼 출렁거리며 노래한다. 수많은 어린아이가 모여서 속삭이듯 웅얼거리는 노랫소리가 겹쳐지고 겹쳐지면서 공간을 뒤흔들었다.

전율스러울 정도로 압도적인 마력의 해일이다. 아테인과 알마릭, 레이거스를 합친 것보다도 큰 규모였다.

그리고 어둠이 갈라진다.

"…죽겠군."

표정을 잔뜩 일그러뜨린 유렌이 걸어 나왔다. 두통에 시달려서 당장에라도 토하고 싶은 것 같은 표정이었다.

그런 그에게 주변에 일어 오른 어둠이 쏟아져 들어가고 있었다. 마치 그릇 속에 새카만 물을 부어넣는 것 같은 광경이다. 동시에 수호그림자들이 몰려들기 시작한다.

쾅!

폭음이 울려 퍼졌다. 유렌이 위험한 변화를 일으킨다 싶자 알마릭이 달려든 것이다. 하지만 유렌의 반격이 그를 튕겨냈다.

"왠지 모르지만… 당신이 어떻게 싸우는지 아주 잘 알 것 같아."

유렌이 중얼거렸다. 방금 전, 그는 알마릭이 뛰어드는 그 순간 그가 어떤 수법을 쓸지 알 수 있었다. 마력의 조짐을 읽는 것만으로도 결과를 통찰하고 종전보다 세 배는 더 빠른 마법 구성으로 반격한 것이다.

"마력은 넘치도록 많지. 끝까지 어울려 줘야겠어."

유렌이 눈을 빛냈다. 동시에 무수한 마법이 동시다발적으로 구성되면서 아테인과 알마릭, 레이거스를 폭격했다.

콰콰콰콰쾅!

"어서 가!"

압도적인 화력으로 세 용마족을 밀어내면서 유렌이 외쳤다. 뒤쪽에서 얼어붙어 있는 동료들을 향한 외침이었다.

"내가 이놈들을 상대하는 동안에! 빨리 가!"

유렌은 머리가 부서질 것 같은 통증에 시달렸다. 누구의 것인지 모를 기억이 홍수처럼 쏟아져 들어와서 집중력을 유지하기가 힘들다. 자칫 정신을 놓았다가는 순식간에 기억의 격류에 삼켜져서 사고가 마비될 것 같았다.

눈물이 흐른다. 기억 속의, 유렌 자신이 겪지 않았던 슬픔이 눈물샘을 자극하고 있었다.

분노가 치솟는다. 과거의 누군가가 품었던 울분이 심장을 요동치게 만들었다.

"하……. 고작 이 정도야?"

홍수처럼 쏟아지는 기억의 양은 어마어마했다. 너무 많은 기억이 파편처럼 정신을 난도질해서 뭐가 뭔지 모르겠다. 세부사항을 제대로 인지하기도 전에 강렬한 기억의 잔향만을 남기고 의식의 저편으로 사라져서 쌓여간다.

일반인이라면 정신이 박살 났을 상황이지만 유렌은 제정신을 유지하고 있었다. 익숙하기 때문에 가능한 일이다. 마족과 합신할 때마다 마족의 감정, 끝 모를 악의의 홍수로부터 정신을 지키는 훈련을 해온 그이기에 버틸 수 있었다.

〈아주 화끈하군! 그래도 나를 막기에는 좀 부족한 거 같은데?〉

레이거스가 소나기 같은 마법을 뚫고 달려들었다. 변신을 완료한 그의 속도는 무시무시해서 땅을 박찼다고 생각하는 순간 이미 유렌의 코앞까지 쇄도해 오고 있었다.

—무한의 광야!

그가 혼쇄의 인을 휘두르려는 순간, 그와 유렌의 거리가 까마득하게 멀어져 갔다. 비탄의 잔의 기능을 모방해서 마법을 펼친 것이다.

“여전히 멧돼지처럼 돌격하는 것밖에 모르는군, 레이거스.”

〈뭐?〉

의미심장한 유렌의 말투에 레이거스가 놀랐다. 하지만 동요를 하든 말든 행동을 멈추지는 않는다. 전력을 다해 발밑의 대지에 혼쇄의 인을 내려친다.

대지가 통째로 뒤집혔다.

동시에 공간왜곡장이 깨져 나갔다. 정신과 영혼까지 분쇄하는 혼쇄의 인의 권능이 공간왜곡장을 구성하는 마력을 박살 낸 것이다.

꽈과과과광!

레이거스는 자기가 뭔가를 잘못 들었다고 생각했다. 혼쇄의 인이 작렬한 여파로 울려 퍼진 폭음은, 맨 처음에 가장 강렬하게 울려 퍼진 뒤로는 멀어져야 정상이다. 그런데 왜 가까운 곳에서 재차 폭음이 울려 퍼지는 것일까?

그 답은 곧 알 수 있었다.

전방의 지면을 뒤집으며 원추형으로 퍼져 나갔어야 할 충격파가 되돌아왔다. 그것도 물리법칙을 무시하고 사방팔방에서 그를 감싸듯이 집중하면서!

〈이, 이것까지도 함정이었나? 이 녀석……!〉

레이거스에게만 공격을 느슨하게 해서 뚫고 들어오게 한 것도, 무한의 광야를 펼친 것도 전부 함정이었다.

레이거스의 행동을 예측하고 그 너머에 충격파를 고스란히 되돌려 주기 위한 공간왜곡장을 2중으로 깔아두었던 것이다.

아무리 비탄의 잔의 기능을 재현하는 데 성공했다고 해도 그만큼 자유자재로 공간왜곡장을 펼칠 수 있는 것은 아니다. 어디까지나 상대의 행동을 예측하고 최선의 수를 미리미리 깔아둬야 가능한 일이다.

파치칫!

그러나 레이거스를 끝장낼 심산으로 날린 추가타는 저지당했다. 아테인이 끼어든 것이다.

"그대의 정체는 무엇이지?"

아테인이 당혹감을 느끼며 묻는다. 유렌이 대답했다.

"나도 아직 모르겠어. 하지만 곧 알게 되겠지."

둘 사이에 고속의 마법전이 벌어졌다. 폭음과 섬광이 난무하는 가운데 실체화되지 못한 마법들이 스파크를 튀기며 사

라지고 그 여파로 마력의 흐름이 뒤틀린다.

"이런……."

그리고 아테인이 밀리기 시작했다.

유렌은 아테인과 팽팽하게 마법전을 펼치는 한편, 알마릭을 몰아쳐서 개입하지 못하게 만들고 허점을 드러낸 레이거스를 난타해서 먼 곳으로 날려 버리고 있었다.

"으음! 아무리 외부에서 마력을 공급받는다고는 하나, 젊은 인간이 이 수준에 이르다니 믿을 수가 없구나!"

마법을 구성하는 속도와 마력 운용의 효율성만 따진다면 아테인이 위다. 그런데 그 외의 모든 면에서 유렌이 위였다. 심지어 여러 마법을 동시에 구현하는 것마저도!

"아테인, 당신의 마법은 왜 이렇게 낡았지?"

라우라가 느꼈던 위화감을 유렌이 지적했다.

아테인이 쓰는 마법들은 낡았다.

그는 시대를 월등히 앞서가는 마법을 창시하고 구사하는 자였다. 그런데 지금은, 아무리 경탄스러운 기술로도 숨길 수 없을 정도로 낡아빠진 마법을 쓰고 있었다.

그리고…….

"왜 당신은 인카네이션을 쓰지 못하지?"

왠지 모르지만 확신할 수 있었다. 아테인은 인카네이션을 쓰지 않는 것이 아니다. 쓰지 못하는 것이다.

꽈과광! 파르르르릉!

그때 뇌격이 하늘을 거꾸로 거슬러 올라가면서 격렬한 마법의 폭풍을 찢었다. 그리고 그 사이에서 뛰쳐나온 알마릭이 인카네이션을 전개했다.

사방에서 실체를 가진 분신과 허체의 분신들이 뒤섞여서 수십 개체의 알마릭이 불규칙적인 움직임으로 유렌에게 뛰어들었다.

"셋이서 나를 상대한다니, 지난번과는 입장이 반대군!"

유렌이 코웃음 쳤다. 동시에 그의 모습이 늘어나기 시작했다.

유렌으로부터 분화하는 것이 아니다. 그에게 자신들을 구성하는 마력을 연소시켜서 막대한 힘을 제공하던 수호그림자들이 변화하고 있었다. 여러 개체가 하나로 뭉치더니 유렌의 분신으로 화한다.

"인카네이션? 인간 마법사가?"

알마릭이 경악했다. 그의 분신술이 일순간에 격파당했다. 유렌이 허와 실을 명확하게 구분하고 대응했기 때문이었다.

아테인과 대립하고, 레이거스를 막는 동시에 그런 일이 가능한 것은 유렌이 인카네이션을 펼쳤기 때문이다. 용령기의 극의인 인카네이션을 인간 마법사가 펼치다니!

"용령기도 스피릿 오더도 어차피 마법의 다른 얼굴이지. 그대가 하는 일을 마법으로 재현하는 게 불가능하다고 믿나?

그토록 오래 살았으면서도 마법을 너무 만만하게 보고 있어, 알마릭."

말하는 유렌의 몸이 계속해서 늘어난다. 동시에 그가 구사하는 마법이 점입가경으로 불어났다.

인카네이션의 무서움은 그것이 진정으로 '자신을 늘리는' 행위라는 점이다.

동시에 여러 사고를 진행할 수 있는 자만이 인카네이션을 터득할 수 있다. 그런데 인카네이션으로 실체 있는 분신을 만들었을 경우, 그것은 하나의 정신으로 두 개의 몸을 조종하는 것과는 다르다.

일순간 자신의 정신까지 복제해서 또 다른 자신을 만들어 낸다.

아무리 아젤이나 알마릭이 여러 사고를 동시에 진행할 수 있다고 하더라도 한계는 있다. 비기를 하나 구현할 때마다 온 신경을 집중해야 하는데 30개도 넘는 몸을 제각각 섬세하게 제어하는 것은 불가능하다.

그러나 그 하나하나가 독립된, 하지만 뿌리 부분에서는 하나로 통합되어 연동되는 거대한 사고 통합을 구성한다면?

아젤이 수많은 분신을 구현하면서 막강함을 과시할 수 있는 비밀은 바로 거기에 있었다. 실체 있는 분신을 다수 구현하는 순간, 그의 사고와 감각은 인간의 한계를 초월하는 것이다.

지금의 유렌도 마찬가지다. 심지어 유렌에게는 그것을 뒷받침해 줄 어마어마한 마력까지 있었다.

콰콰콰콰콰!

인카네이션을 전개하기 전이 홍수라면, 지금은 해일과도 같았다. 여덟 개체의 인카네이션을 구사한 유렌이 구사하는 마법이 숲을 초토화하고 전설적인 세 용마족을 휩쓸었다.

〈크! 이거 옛날 생각나는군!〉

레이거스가 선두에 서서 공격을 가로막는 방벽이 되었다. 그 너머에서 알마릭이 인카네이션을 전개, 사방팔방으로 뇌격과 폭풍을 쏟아내서 마법의 기세를 죽인다. 그리고…….

"그렇군. 셋이 하나를 상대하는 것도 정말로 오랜만의 일이야."

아테인이 돌파구를 열었다.

공허의 문지기가 위쪽에서 날아드는 마법을 전부 유렌의 주변으로 보내 버린다. 하늘의 성채가 셋을 지키고, 흑암전서가 아테인의 마법을 몇 배로 증폭시키면서 보조했다. 그리고 또 하나의 용마기가 초래되었다.

―용마기 초래! 뇌명의 사슬!

꽈과광! 꽈르르릉!

지상에서 일어난 뇌격이 낙뢰보다 수십 배는 더 강한 위력으로 주변을 휩쓸었다. 아테인의 마법과 흑암전서의 마법, 그

리고 용마기 뇌명의 사슬이 연계한 결과였다.

압도적인 파괴력이 일순간 유렌의 마법을 밀어내면서 공백지대를 만든다. 그러자 알마릭이 인카네이션을 거두며 전력으로 용마기의 힘을 전개했다.

"버텨라, 폭풍의 비명!"

언령이 실린 외침과 함께 그의 검이 주변의 뇌격을 집어삼켰다. 투명한 검날이 하얗게 불타오르며 일순간 하늘을 꿰뚫는 거대한 뇌격의 검으로 화했다.

"천둥신의 검!"

대마법사의 마법과 용마기의 마법, 그리고 또 다른 용마기의 힘이 연계하여 일으킨 뇌격을 하나로 모아서 폭발적인 힘을 얻는다.

아테인과 알마릭이 펼친 연계기는 모든 것을 불태워 갈라버리는 절대적인 파괴의 검을 만들어냈다.

콰아아아아아……!

파멸의 검이 뿌리는 빛이 지평선 너머까지 뻗어 나갔다. 검의 궤적이 걸린 모든 마법이 일거에 스러지고 대지를 강타하는 순간 모든 것이, 심지어 대지마저도 버터처럼 갈라지면서 지하와 지상 양쪽에서 상상을 초월하는 열과 압력이 폭발했다.

그것은 재앙이었다.

검이 가르고 지나간 자리는 그야말로 증발, 닿는 순간 모든

것이 소멸했고 그 여파로 지진이 발생하고 폭발이 내달린다. 한차례 충격파가 뻗어 나간 후에도 그 자리에 열풍이 소용돌이쳤다.

이 순간 세 용마족이 있는 곳은 인세의 지옥으로 화해 있었다. 막강한 권능을 지닌 자들이 아니라면 단 1초도 생존할 수 없는 상황이다.

—용마기 초래! 대지의 아들!

그러나 아테인은 거기서 끝내지 않았다.

뇌명의 사슬을 해제하고 대신 새로운 용마기 대지의 아들을 초래한다. 박살 나고 불타던 대지의 힘이 한곳으로 모여들었다. 아직 남아 있던 지진파와 열이 시간을 거꾸로 돌린 것처럼 한 점으로 집중되었다.

〈안 끝났다고 확신하는 건가?〉

바로 레이거스의 용마기, 혼쇄의 인으로.

"아마도."

〈훗. 좋아. 어디 간만에 죽도록 혹사당해 봐라, 혼쇄의 인!〉

이 연계기는 아테인과 용마장군들이 초월자를 상대할 때 썼던 비장의 카드였다. 상식을 초월하는 권능을 지닌 용마장군의 용마기, 그리고 그것을 용마장군의 기량으로 다뤄야만 가능한 재앙의 일격이다.

알마릭의 폭풍의 비명이나 레이거스의 혼쇄의 인조차도

쓰고 나면 한동안 기능이 저하될 정도로 막대한 부담을 안아야 했다.

〈간다! 정체모를 인간 애송이, 살아 있다면 이 일격으로…….〉

"민폐가 너무 심하군."

휘몰아치는 폭염과 연기 너머에서 들려온 유렌의 목소리가 레이거스의 말을 끊었다. 일부러 세 용마족에게 전달되도록 마법으로 가다듬은 목소리였다.

"인상적인 것을 보여줘서 고맙다. 아슬아슬하게 기억해 내지 못했다면 죽을 뻔했어. 그래서 이제는 알 것 같아."

〈뭐라고?〉

망막을 태울 듯 눈부신 빛을 발하면서 흔들리는 혼쇄의 인을 든 채로 레이거스가 의아해했다. 동시에 폭염이 갈라지며 그 너머에서 유렌의 모습이 나타났다.

—용마기 초래!

강렬한 용마력 파동이 공간을 뒤흔들었다. 알마릭의 표정이 경악으로 물들었다.

"이 용마기는?"

—어둠을 새기는 검!

완벽한 어둠으로 이루어진, 빛을 반사하지 않고 빨아들여 버려서 입체감이 전혀 느껴지지 않는 이질적인 검이 나타났다.

그것은 바로…….

"어떻게 네가 아테인의 용마기를 쓰는 것이냐?"

알마릭이 경악해서 물었다. 레이거스도 놀란 나머지 공격 기회를 놓치고 멈춰 있었다.

"그건……."

유렌이 웃었다. 키득거리는 그의 얼굴은 고통과 광기에 물들어 있었다.

"내가 아테인이기 때문이야."

3

아젤 일행은 유렌의 외침을 뒤로 하고 도망치고 있었다. 분통하고 비참했지만 어쩔 수 없다. 그 자리에 남아서 유렌과 함께 싸울 수도 있었겠지만, 유렌이 던진 한마디가 그 선택지를 없애 버렸다.

"내가 유렌 리제스터인 동안에, 너희의 동료인 동안에 도망쳐! 유렌 리제스터가 죽고 다른 누군가가 이 몸을 차지한다면 그때는 모든 게 끝이니까!"

하지만 도망치는 것도 쉽지 않았다. 카이렌과 레티시아는 사경을 헤매는 중이고 아젤도 의식은 회복했지만 중상이라

는 점에서는 변함이 없다. 라우라가 공간왜곡장을 펼쳐서 장거리를 뛰어넘기는 했지만, 얼마 가기도 전에 대폭발이 일어나면서 사방이 생명의 존재를 허락하지 않는 지옥으로 변했다.

"세상에……."

라우라가 경악했다. 비탄의 미궁을 펼쳐서 피신하는 게 한 순간만 늦었어도 몰살당할 뻔했다.

아테인과 알마릭이 연계해서 펼친 천둥신의 검은 상상을 초월하는 위력을 갖고 있었다. 단순히 물리적인 파괴력만을 논한다면 아젤의 광검해마저도 능가한다.

"아리에타, 사람들 운반을 맡아줘."

"알겠다."

아리에타가 고개를 끄덕였다. 비탄의 미궁을 해제하면 온갖 보호와 생존을 위한 마법을 구사해야만 살아남을 수 있는 환경이 기다리고 있으리라. 그런 상황에서 라우라는 공간왜곡장을 구사하고 만약의 사태에도 대비해야 하니 부담이 컸다.

후우우우우……!

과연 비탄의 미궁을 해제하고 나오니 열풍이 휘몰아치고 있었다. 호흡했다가는 몸 안쪽으로부터 불타 버릴 열기다.

라우라가 마법을 써서 호흡할 수 있는 공기를 만들 때였다.

"라우라."

열풍 속에서 그녀를 부르는 목소리가 있었다. 라우라는 깜짝 놀라서 목소리의 주인을 돌아보았다.

유렌이었다.

인형처럼 무표정하던 라우라의 얼굴에 미미한 동요가 드러났다. 허를 찔렸다. 이 지옥 같은 환경 속에서 멀쩡한 모습으로 다가오는데 지척에 올 때까지 알아차리지 못하다니.

유렌이 고개를 저었다.

"그만둬. 난 적이 아니야."

"…적이 되었다면 적이라고 말할까?"

유렌 스스로 한 경고가 라우라를 긴장케 했다. 유렌이 웃었다. 왠지 웃고 있는데도 우는 것 같은 표정이었다.

"하긴 그러네. 하지만 정말로 적이 아니야. 아직까지는."

"아직까지는……."

"그리고 이건 내 실체도 아니야."

그 말에 라우라가 놀랐다. 그제야 지금 눈앞에 있는 유렌이 실체가 아니라 인카네이션으로 구현된 분신임을 알아본 것이다.

'도대체 정체가 무엇이기에?'

용령기도, 스피릿 오더도 아니고 마법으로 인카네이션을 구현한단 말인가? 라우라의 마법 지식으로도 이해할 수 없는 기술이었다.

유렌이 말했다.

"말을 아껴. 내게 남겨진 시간은 많지 않고, 그 시간을 이용해서 가장 중요한 일을 하기 위해서 왔으니까."

"중요한 일?"

그렇게 물은 것은 아젤이었다.

곧 이어지는 유렌의 이야기에 일행은 모두 경악하고 말았다.

4

"네가 아테인이라고?"

알마릭이 경악해서 물었다. 유렌이 퀭한 눈으로 키득거렸다.

"그래, 알마릭."

—용마기 초래!

동시에 유렌이 용마기 어둠을 새기는 검을 해제하고 대신 다른 용마기를 초래했다.

—질풍의 숨소리! 화염산의 거인!

아테인이 지녔던 13개의 용마기 중 바람과 불꽃을 지배하는 권능을 지닌 용마기들이 소환되었다. 반투명한 푸른 망토와 유렌의 뒤에서 일어나는 키가 10미터도 넘는 불꽃으로 이루어진 거인.

그들의 힘이 지옥 같은 환경을 정리했다. 바람과 열기가 급속도로 잦아들었다.

"이만하면 믿을 수 있나? 아니면……."

핏발이 선 눈으로 그들을 노려보는 유렌의 옆으로 그의 분신들이 나타났다. 천둥신의 검이 작렬했을 때 한차례 싹 쓸려 나갔지만 그럼에도 아직 많은 수호그림자가 남아 있었고, 지금 이 순간에도 계속해서 이 자리로 모여들어서 유렌을 위해 자신을 연소시키고 있었다.

―빙설의 숲! 꿈의 사도! 안식과 분노의 달!

유렌이 분신들이 연달아 용마기를 초래하면서 총 다섯 개의 용마기가 소환되었다. 이렇게 되면 유렌의 주장을 믿을 수밖에 없었다.

"흠. 그렇군……."

문득 아테인이 입을 열었다. 알마릭과 레이거스와 달리 당황하기보다는 흥미로워하는 기색이었다.

"그대가 바로 미래의 나로군."

"저 애송이가?"

알마릭이 깜짝 놀라서 물었다. 유렌이 그를 바라보았다.

"아테인을 대하는 태도에서 추측하기는 했지만… 너희는 그가 용마왕이 아니라는 사실을 알고 있었군."

레이거스가 아테인에게 불손하게 굴었던 이유는 간단하다.

지금 눈앞에 있는 아테인은 그들이 섬기던 용마왕 아테인이 아니라, 오래전에 그들과 함께 모험했던 대마법사 아테인이었으니까.

"흑암전서, 그리고 낡아빠진 마법… 도대체 왜 그러나 싶었는데 이제야 알겠어."

유렌이 웃음을 참을 수 없다는 듯 킥킥거렸다.

기억이 떠오르고 있다. 홍수처럼 그의 머릿속에 쏟아부어진 기억의 파편들 중에서 지금 현실에서 관심의 대상이 되는 기억이 표면으로 떠올라서 정리되어 간다.

"미쳐 버리겠군. 아니, 이미 미쳐 있나? 내가 용마왕 아테인이라니 이건 너무하잖아!"

결국 유렌이 웃음을 터뜨렸다. 눈에서는 눈물을 줄줄 흘리면서 웃는 그 모습은 미치광이의 그것이었다.

그러다가 어느 순간 웃음이 딱 멎는다. 유렌은 소매로 눈물을 훔치며 말했다.

"너는 아테인의 육체에다가, 아테인이 레제노르의 권능을 해석해서 비술을 만들어낸 뒤에 남겨놓은 사념체를 넣어둔 상태야. 하지만 일반적인 사념체와는 달리 비술을 시전한 그 시점의 너를 완벽하게 재현하는군. 마치 그 시절의 시간을 고정시켜 뒀다가 원하는 시점부터 움직이게 한 것처럼……."

최후의 아르프 레제노르는 시간을 자기 뜻대로 조작하는

권능을 갖고 있었다. 아테인은 수백 년에 걸쳐 연구한 끝에 그 권능을 해석하는 데 성공, 위대한 어둠을 바탕으로 시간을 제어하는 마법을 창안해 냈다.

그 결과물이 눈앞의 아테인이다. 지금으로부터 천 년도 더 전의 존재.

"따져 보면 내가 한 짓인데 정말 어처구니가 없네. 세상에. 육체는 220년 전의 것을 되살리고, 그 속에 천 년 전에 사념체 형태로 복제해서 정지된 시간 속에 박제해 두었던 정신을 넣어두다니! 아니, 거기까지도 그렇다고 치겠지만 용마기가 사용자의 정신연령을 따라서 과거의 모습으로 돌아가다니 이건 새로운 발견인데? 그렇지 않아?"

"새로운 발견이라면 나도 지금 줄기차게 하고 있는 중이다. 너와 네 동료들을 통해서 말이다. 하지만 네가 말한 대로 한 번 그 기능, 아니, 형상과 이름마저도 변화한 용마기가 과거로 회귀한다는 것은 정말 흥미롭군."

아테인이 재미있다는 듯 웃었다.

그는 유렌의 말을 부정할 생각이 없었다. 처음 깨어나는 순간부터 스스로가 진짜가 아닌 허상임을 알고 있었으니까. 육체는 완전한 부활을 이루었으되 정신은 돌아오지 않았다.

급하게 깨어나서일까? 아니다.

아테인의 전생체인 유렌이 살아 있기 때문이었다.

육체가 부활했다고 해도 유렌이 죽어야만, 혹은 최소한 그가 각성을 이루어야만 정신이 돌아온다.

유렌이 한숨을 쉬었다.

"설마 이런 식일 줄이야. 정말 일을 복잡하게 처리했군. 레제노르가 특정 대상에 한정해서는 시간을 역행하는 것까지 성공했었다니……."

지금 아테인의 정신은 천 년 전의 사념체다. 아니, 정확히는 그 당시 아테인의 복제라고 봐도 좋다. 아테인은 어느 한 순간의 시간을 정지시켜 위대한 어둠 속에 보존해 두고 있다가 위급한 상황에서 자신의 육체를 입고 돌아다닐 존재로 만든 것이다.

사용하는 마법이 낡은 것도 당연했다. 용마전쟁 당시 아테인은 당시 마법사들이 220년의 시간으로는 극복할 수 없을 정도로 어마어마한 격차를 내고 있었다. 하지만 천 년 전의 그가 쓰던 마법은 부분부분이 극단적으로 돌출되어 있을 뿐 전체적인 수준은 떨어졌다.

흑암전서는 어둠의 화신의 전신이라고 할 수 있는 용마기다. 아득한 세월을 살아온 아테인은 용마기의 능력이 발전하는 단계를 넘어서 그 본질마저 더 뛰어난 형태로 바꾸는 데 성공했던 것이다. 그런데 사용자가 천 년 전으로 회귀하자 그에게 맞춰서 이전의 형태로 돌아가 버렸다.

문득 아테인이 말했다.

"하지만 이상하군. 미래의 나여, 내 궁금증을 풀어주지 않겠는가?"

"당신 입장에서는 내가 천 년 뒤의 존재지만, 내 입장에서 난 온전히 이 시간에 속한 현재의 존재야. 구분을 위해서라면 유렌 리제스터라고 불러라."

"그렇게 하지."

"뭐가 궁금하지?"

"그대의 말대로 내가 입고 있는 이 육체는 220년 전, 용마전쟁이 한창 진행되고 있을 당시의 것이다. 레제노르는 세상의 시간을 과거로 되돌리는 데는 실패했지만 아주 특별한 대상, 자기 자신의 시간을 역행시키는 데 성공했지."

세상 전체의 시간을 과거로 되돌려서 동족을 되찾고자 했던 레제노르의 연구는 그 수준에서 끝나 버렸다. 심지어 레제노르는 스스로의 시간을 조작하지 않아도 이미 영생불사를 이룬 존재였기에 그 성과는 아무런 의미도 없었다.

하지만 아테인에게는 의미가 있었다.

레제노르를 위대한 어둠에 봉인한 아테인은 그 권능을 해석하고 활용할 방도를 연구했다. 그리고 자신이 죽더라도 육체를 복원할 방법을 찾아냈다.

그저 육체를 인공적으로 다시 만들어내는 수준이 아니라, 시간을 되돌려서 특정 시점의 육체를 완전히 재현해 내는 방법을.

그 결과가 눈앞의 아테인이다.

"왜 220년이나 걸린 것인가? 본인이 아니라 알마릭도 그보다 수십 년이나 앞서서 부활했거늘."

아테인은 자신뿐만 아니라 네 명의 용마장군 모두를 되살릴 수 있도록 의식을 치렀다.

하지만 그 결과는 아무리 봐도 실패다. 아운소르와 발타자크야 칼로스의 방해로 부활하지 못한 것이지만 레이거스는 산 몸을 되찾지 못해서 불사체로 되살아나지 않았는가?

유렌이 피식 웃었다.

"어차피 알게 될 텐데 궁금한가?"

"지금의 내가 이 시대에 속하지 못한 허상이라는 것을 이해한다. 그대가 완전한 각성을 이루어 이 몸을 차지한다면 내 경험만이 남고 나는 사라지겠지."

"그래도 궁금증은 풀고 싶은가? 좋아. 일단 시간 역행을 이용한 비술은 성공적이었지만, 아테인의 육체는 아젤과 싸워서 패했을 때 완전히 소멸했어. 시신이 남아 있었다면 아마 100년은 빨리 부활하지 않았을까?"

"알마릭이 이 몸보다 빠르게 부활한 것도 그런 이유였나?"

"알마릭은 시신이 남아 있었고 그걸 아테인이 생전에 남긴 지침대로 위대한 어둠의 중심부에다 던져 넣어서 마법의 성립 조건을 완전히 충족시켰으니까."

그에 비해 아젤은 혹시나 모를 사태에 대비해서 아테인의 육체를 완전히 소멸시켰다. 다른 곳에서 머리털 하나 남기지 않고 소멸한 육체를 머나먼 위대한 어둠의 중심부에서, 즉 공간을 초월하고 시간도 역행하면서 부활시키는 것은 그만큼 어려울 수밖에 없다.

"그럼 레이거스가 불사체로 부활한 것은?"

"간단해. 자기 자신을 제외한 모두에게 완벽한 효과를 바라기에는 무리가 있었어. 당시에 비술을 만들어낼 때부터 우려한 부분이었지만 결국 그대로 들어맞았지."

〈쳇. 그럼 나도 시신이라도 남았으면 지금쯤 예쁜 아가씨들 끼고 고기를 뜯으면서 놀 수 있었다 이거 아닌가?〉

"아마 그렇겠지. 그 점은 멧돼지처럼 함정으로 뛰어 들어간 스스로를 원망하도록 하시지."

레이거스의 말에 유렌이 어깨를 으쓱했다.

아테인이 물었다.

"지금의 내 상태가 어떻게 이루어졌는지는 이해했다. 하지만 그대는 무엇인가?"

"육체는 시간을 되돌려서 부활할 수 있지. 사실 정신도 가능해. 하지만 그럼 연속성이 끊기지."

지금의 아테인을 보면 알 수 있듯이 과거의 어느 시점, 즉 비술을 준비한 시점의 정신을 재현하는 것도 가능하다.

'하지만 그것이 과연 '나' 인가?'

아테인은 의문을 품었다.

실패를 맛보기 전의 자신은 자신일까?

누군가의 죽음을 지켜보고 슬퍼하기 전의 자신은 자신일까?

"그래서 케이알리아의 비술을 원했어."

케이알리아의 비술이 완전치 않다는 것은 알았다. 케이알리아는 장구한 세월 동안 후손의 몸으로 전생하는 방식으로 스스로의 연속성을 확보해 왔지만, 그것도 영원불멸을 보장하지는 않았다.

그래서 그녀에게서 비술의 요체를 전수받은 뒤 보완했다. 아테인이 마법사일 뿐이라면 모르겠지만, 그에게는 섭리의 극단에 도달한 12명의 초월자를 봉인해 둔 위대한 어둠이라는 지원 시스템이 있었다.

활용하기에 따라서 시간마저 되돌리고 과거의 자아를 현실에 재생하는 것마저 가능한 위대한 어둠의 힘이라면 케이알리아의 비술이 지닌 결함도 해결할 수 있으리라. 그렇게 믿었다.

"그런데 해보니까 안 되더군."

"…뭐라고?"

그럴싸한 설명이 나와서 당연히 성공했다는 결론을 예상했다. 그런데 실패했다고?

"전생은 기억의 연속성을 보장하지. 하지만 변질이나 열화

는 피할 수 없는 문제였어. 그걸 정말로 피하고 싶다면 죽는 바로 그 순간에 의식을 치러서 그 순간의 자신을 저장해 뒀다가 불러둬야 하는데… 세상 그렇게 만만하지 않다는 거 알지?"

나중에 시간을 초월해서 과거의 자신을 불러낼 수 있도록 저장하는 일은 결코 쉽지 않다. 충분한 시간과 노력을 들여서 장대한 의식을 치러야만 할 수 있었다.

"그래도 몇 번 정도는 괜찮아. 위대한 어둠이 있어서 정신을 보호하는 힘도 강하고."

"하지만……."

문득 아테인이 의문을 제기했다.

"나는 그런 식으로 전생하지 않고 유렌 리제스터, 그대가 되었다. 어째서지?"

"아테인은 부활까지 꽤 긴 시간이 걸리리라는 것을 알고 있었지. 그냥 이후에 태어날 후손의 운명을 강탈해서 그 몸으로 전생하는 방법도 있었지만……."

어쩌면 니베리스는 아테인의 전생체가 될 수도 있었다. 하지만 아테인은 그 방법을 선택하지 않았다.

"그러지 않고 자신의 육체가 부활할 때까지의 시간을 유용하게 쓰기로 했지. 물론 이유가 있었어."

"어떤 이유지?"

"그건……."

갑자기 유렌이 피식 웃었다. 동시에 기습적으로 강력한 저주의 마법이 날아들었다.

"음!"

세 용마족도 긴장을 늦추지 않았기 때문에 곧바로 반응해서 막아냈다.

그러나 그동안 유렌은 전투태세를 완료하고 있었다. 인카네이션으로 여덟 개의 분신을 만들어내고 용마기들이 줄줄이 초래된다.

"무의미한 싸움을 계속할 셈인가?"

아테인은 이해할 수 없다는 표정으로 물었다.

유렌은 아테인이다. 아직 완전히 각성하지 않았더라도 자신의 정체가 무엇인지, 그리고 무엇을 해야 할지 알고 있을 것이다.

그런데 왜 싸움을 계속하려고 하는가?

"의미는 있지. 과거의 허상, 너는 모르는 의미가!"

5

아젤 일행은 빠르게 이동하고 있었다. 아젤의 용마기 울부짖는 불새에 올라탄 채로.

문득 아젤이 말했다.

"유렌, 너 몸이……."

실체와 분간되지 않을 정도로 뚜렷했던 유렌의 분신이 점점 흐릿해지고 있었다. 분신을 구성하는 마력이 점점 옅어지고 있다는 증거였다.

유렌이 말했다.

"거리가 너무 멀어진 것 같네. 어둠의 화신이 없으니까 수호그림자를 그릇으로 삼아도 한계가 있군."

인카네이션으로 만든 분신은 본체에서 멀리 떨어질 수 없다. 아젤조차도 수백 미터 안에서 구현과 해제를 반복하면서 운용하는 게 고작이었다.

유렌은 위대한 어둠을 이용, 수호그림자를 그릇으로 써서 구현했기 때문에 지금까지 버텼지만 그것도 한계에 도달한 모양이다.

"그래도 일은 다 끝낼 수 있었으니 다행이야."

유렌이 그들을 찾아온 목적은 달성했다. 그것은 일행으로서는 생각지도 못한 선물이었다.

"아젤."

유렌이 말했다.

"앞으로 가혹한 싸움이 시작될 거야. 지금까지와는 판이하게 달라진 양상으로 모두를 압박해 오겠지."

이제까지는 어둠의 설원을 쓰러뜨리는 것만 생각하면 되었다. 하지만 아테인이 부활하는 이상 이제 모든 것이 바뀔 것이다.

유렌은 아테인의 계획을 알게 되었다. 아테인은 어둠의 설원의 희망사항대로 움직여 주지 않을 것이다. 앞으로 일어날 일은 그들에게는 충격적이리라.

"그래도 너희라면 끝까지 이겨낼 수 있을 거야. 나는 너희를 믿어."

"고마웠다."

아젤은 이제 진짜로 유렌과 이별할 때가 왔음을 알아차리고 말했다.

스스로 아테인의 전생체라고 밝혔지만, 그래도 그는 유렌이었다. 그가 마지막으로 찾아와 한 일이 그것을 믿게 해주었다.

유렌이 쑥스러운 듯이 웃었다.

"뭘 새삼스럽게."

"어쩌면 네가 이런 선택을 하는 것조차도 아테인이 의도한 바일 수도 있겠지."

인도자의 정체가 아테인이었으니 충분히 그럴 수 있다. 왜 그런 행동을 했는지 이해할 수 없지만, 결국은 모든 것이 아테인이 계획한 거대한 운명의 일부였을 뿐이고 유렌은 꼭두각시에 불과했다고 할 수도 있으리라.

"하지만 그래도… 나는 네가 아테인이 만든 허상이 아니라, 우리의 동료 유렌 리제스터였다고 믿는다. 우리와 함께 한 시간도, 네 목숨을 어떻게 쓸지 결정한 것도 아테인의 뜻

이 아니라 네 의지였다고 생각해."

"……."

유렌은 잠시 말문이 막혀서 입술만 달싹거렸다. 자신을 바라보는 아젤의 눈에 실린 신뢰를 확인하자 눈물이 날 것 같았다.

"…고마워."

"그러니까 마지막으로 확인하고 싶군. 유렌, 너는 스스로가 아테인의 전생체라는 것을 알았으면서도 우리를 선택했지?"

유렌은 짧은 시간 동안 최대한 많은 정보를 일행에게 전달하기 위해 노력했다.

그들을 급습한 아테인의 정체가 무엇이었는지, 그리고 아테인의 진정한 목적이 무엇이었는지까지도…….

이미 유렌과의 대화를 통해서 아테인이 추구하는 것이 무엇인지는 명확했다. 그는 세상을 좋게 만들려고 했다.

온 세상의 언어를 하나로 만들어 의사소통의 문제로 생기는 비극을 없애려고 했던 것도, 용살의 의식으로 용과 인간의 관계를 재정립했던 것도, 용마전쟁으로 이상국가를 만들려고 했던 것도 모두가 같은 목적을 위해서였다.

이 시대에 부활한 아테인이 하려고 하는 일도 마찬가지였다. 그의 목적은 언제나 확고했고 방법이 달라질 뿐이다.

"아젤, 기억하고 있어?"

"뭘 말이지?"

"용마전쟁 때, 아테인이 네게 죽으면서 남겼던 말을."

"당연히……."

잊었을 리가 없지 않은가?

"유감스럽게도 이 실험은 실패였다. 나는 아직도 무지했어. 그 사실을 인정할 수밖에 없겠군."

스스로의 죽음을 목전에 두었을 때, 아테인은 담담하게 실패를 인정했으며 세상 전체를 휩쓸었던 거대한 전쟁마저도 어떤 목적으로 행한 실험이었노라고 말했다. 그 말은 망령처럼 아젤의 뇌리 한구석에 달라붙어서 아테인에 대한 공포를 만들어내고 있었다.

유렌이 고개를 끄덕였다.

"그게 바로 아테인의 관점이야. 용마전쟁을 통해서 아테인은 자신이 인간에 대해서, 정확히는 용마족을 포함해서 자기가 건설한 이상사회의 구성원이 되어야 할 존재들에 대해서 아무것도 모른다는 사실을 깨달았어. 아니, 정확히는 예전에는 알았지만 모르게 되었다고 하는 편이 맞겠군."

"모르게 되었다? 그게 무슨 뜻이지?"

"아테인은 너무 오래 살았어."

장구한 세월을 살아가면서 인간의 생로병사는 물론이고

국가의 흥망성쇠도 지겹도록 보아왔다. 처음에는 자신과 관계를 맺은 개개인에게 집착했지만 점차 포기할 줄 알게 되었고 그럴수록 세상을 보는 시각이 커져갔다.

"지나치게 거시적인 관점으로 세상을 보게 된 거지. 그의 사랑은 인간에 대한 사랑이 아니라 인류에 대한 사랑으로 변해 버렸어."

그래서 자신의 기준으로 보면 하루살이나 마찬가지인 인간에 대해서 이해하지 못하게 된 것이다. 당장 눈앞에서 소통하는 존재와 순간순간을 공유하고 공감할 수는 있지만 근본을 파악하기는 어려워졌다.

"그게 아테인이 전생을 시작한 이유야. 지극히 실리적인 이유지. 인간에 대해 알아야겠다. 자기가 모르게 된 인간의 삶, 인간의 본성을 알아야만 세상을 올바른 방식으로 바꿀 수 있을 것이다. 이게 왜 그가 내 자유의지를 존중했는지에 대한 대답도 되겠지."

"음. 그러니까… 자유의지가 거세되지 않은 온전한 인간의 삶을 보고 이해하길 원했기 때문인가?"

"그래. 그렇기 때문에 난 인간으로, 유렌 리제스터로 남을 수 있었어."

삶을 살아가는 데 있어서 일정한 방향성, 그리고 운명을 이겨 나갈 힘을 제공하지만 결코 자유의지 그 자체를 조작하지는 않는다. 그것이 아테인이 자신의 전생체에게 관여하는 방

식이었다.

"아테인은 인도자라는 형태로 자아를 지키면서 내 삶을 엿봤지."

그것은 아테인이 스스로의 자아를 지키기 위한 수단이기도 했다. 전생의 비술은 불완전하고 아테인도 문제점을 해결할 수 없었다.

그래서 아테인은 자아를 유지하면서 전생하는 대신, 자신의 자아는 위대한 어둠에다 보존해 둔 채로 새롭게 형성된 인격이 살아가는 삶을 엿보는 방법을 선택했다.

"지금까지 그 관계는 일방적이었어. 하지만 칼로스 님 덕분에 아테인이 설정한 경계가 무너지고 그의 기억을 갖게 된 지금, 나는 아테인이 보는 것과는 정확히 반대편에서 그를 볼 수 있게 되었어."

아테인은 개인이라고 하기에는 너무나도 거대한, 거의 신이라고 해도 과언이 아닌 자의 입장에서 전생체들의 삶을 엿보았다.

그에 비해 유렌은 인간의 입장에서 신에 가까운 존재가 된 아테인의 정신을 엿보았다.

"아테인은 분명 선의를 가졌지. 하지만 그건 어떤 의미에서는 명백한 악의보다도 더 무서운 거야."

당장 유렌 자신이 아테인의 '선의'로부터 비롯된 문제로 운명을 유린당한 희생자가 아닌가?

그러니 유렌에게는 아테인을 비난할 권리가 있다. 세상에서 아테인을 비난하고 그의 뜻에 반대할 자격을 가진 사람을 단 하나만 꼽는다면 그건 분명 유렌일 것이다.

"나는 그의 실험으로 인해서 태어났고, 그가 저지른 과오의 결과로 고통받았어. 그러니까 나는 인간으로서, 유렌 리제스터로서 그의 뜻에 반대한다."

그 원인이 자신의 전생이었다는 것은 중요하지 않다. 비록 자신이 그에게서 비롯되었다고 할지라도, 자신은 분명 그와는 다른 사람이었다.

"이 정도면 대답이 되었을까?"

"충분해."

아젤이 고개를 끄덕였다. 유렌은 짐을 내려놓은 사람처럼 후련하게 웃으며 말했다.

"뒷일은 맡길게. 나는 여기까지야."

그리고 마침내 유렌의 모습이 햇살에 녹아들듯 사라졌다.

6

아테인이 물었다.

"어째서냐? 어째서 싸우는 것인가, 미래의 나여?"

"틀렸어."

유렌이 가속했다. 실체와 분간할 수 없는 분신이 무시무시

한 속도로 질주하면서 마법을 쏟아낸다.

"나는 유렌 리제스터다!"

막대한 마력 파동이 펴져 나가면서 용마기가 연속적으로 초래되었다.

—용마기 초래! 공허의 문지기! 하늘의 성채! 화염산의 거인!

유렌이 동시에 초래할 수 있는 용마기의 수는 현재의 아테인보다도 더 많았다. 게다가 서로 같은 용마기를 공유하고 있는 상황인지라 한쪽이 초래한 용마기는 다른 한쪽이 초래할 수 없다. 서로서로 한정된 용마기를 이용해서 수 싸움을 하는 상황에서는 월등한 마력과 발전된 비술을 지닌 유렌이 유리했다.

무엇보다 유렌은 지금 이 순간에도 계속 강해지고 있었다.

아테인의 기억이 떠오른다. 마법에 대한 지식들, 그리고 그것을 운용하는 최적의 감각마저도 떠올라서 유렌의 일부가 되어간다.

동시에 유렌의 자아가 조금씩 아테인의 기억에 잠식되고 있었다.

인간의 삶을 아득히 초월한 장대한 세월 동안 누적된 기억이다. 떠오르는 기억들이, 그 속에 담긴 감정들이 의식을 스쳐 가는 것만으로도 정신을 놓아버릴 것만 같았다.

기억 속의 인물이 정말 자신이 아는 누군가인지, 아니면 아테인이 아는 누군가인지 모르겠다.

자기가 죽인 누군가를 두고 울적해하던 것이 유렌인지, 아니면 아테인인지 확신할 수가 없다.

"나는……."

유렌이 처절하게 웃었다.

조금만 집중력이 흩어지면 순식간에 아테인의 기억에 삼켜질 것만 같다. 분명 사고의 주도권이 이쪽에 있는데도 덮쳐오는 기억의 양이 너무 압도적이었다.

아테인이 물었다.

"이 마법, 이 용마기……. 모든 것이 네가 아테인임을 증명한다. 스스로의 정체를 깨달았으면서도 그것을 부정하는가?"

"허깨비답게 속이 텅텅 빈 소리만 지껄이는군."

유렌이 키득거렸다. 머리가 깨질 것만 같다. 중구난방으로 쏟아지는 희로애락의 감정 때문에 눈물을 흘리면서 웃는다. 증오를 불태우며 가슴 따뜻한 행복을 느낀다.

그 감정들을 뿌리치고 자신이 누구인지를 유지하기가 너무 힘들다. 오로지 한 가지 목적만이 그의 자아를 지탱해 주고 있었다.

"너는 내가 살아오면서 느낀 고통이 아테인의 고통이라고 말하는 거냐?"

결단코 아니다. 아테인이었다면 이런 고통 따위 느끼지 않았을 것이다.

그의 인생은 아테인이 벌인 일로 인해서 유린당했다. 아테인이 세계를 할퀸 흉터자국으로부터 일어난 광기가 그를 사로잡았고, 그 사실을 깨달은 순간부터 줄곧 운명에 저항하며 살아왔다.

"내가 전생에 누구였는지는 상관없어. 내 고통도, 고독도 모두 내 것이야. 이 시대에 인간으로 태어나 누린 내 삶이다!"

"…모르겠군."

아테인은 혼란스러워했다.

"미래의 내가 무슨 생각을 한 건지 모르겠어. 나는 어떤 운명을 겪고 어떤 절망을 맞닥뜨렸기에 이런……."

"곧 알게 될 거야."

육체가 복원된 상황에서 전생체인 유렌이 각성했으니 아테인의 완전한 부활은 코앞까지 다가와 있었다.

그것은 이미 확정 사항이다. 이 자리에서 유렌은 힘이 다해서 죽고 육체와 영혼의 진정한 통합 과정이 시작되리라.

막을 수 있는 방법은 단 하나뿐이다. 그리고 그 방법을 행할 수 있는 것은 유렌뿐이었다.

"하지만……."

유렌의 눈이 흉흉한 살의로 불타올랐다.

"그 전에 너를 죽여서 내 친구들에게 기회를 줘야겠어."

이 자리에서 자신의 손으로 아테인의 육체를 파괴한다. 그러면 아테인의 부활을 먼 훗날로 미루고 그동안 아젤 일행은 그를 두 번 다시 깨어날 수 없도록 만들 수 있으리라.

아테인이 표정을 굳혔다.

"쉽지는 않을 것이다. 느껴지는가?"

지금 유렌이 보이는 힘은 그야말로 압도적이었다. 아테인과 알마릭, 레이거스 셋이서 연계하는데도 도무지 승기를 잡을 수가 없었다.

하지만 시간이 지날수록 국면이 변하고 있었다.

변화의 축은 아테인이었다. 그의 기량이 눈에 띄게 향상되어 간다.

"이렇게 하는 거였군."

어느 순간 아테인의 옆에서 또 다른 아테인이 나타났다. 실체를 지닌 분신, 인카네이션이었다.

"큭……!"

유렌이 신음했다. 아테인이 인카네이션을 펼치기 시작하자 상황이 급변했다.

'젠장. 역시 각성의 영향을 받는 건가?'

유렌은 아테인의 영혼을 지닌 전생체다. 그리고 눈앞의 아테인은 과거 아테인의 육체를 지닌 영혼의 그림자 같은 존재였다.

과거와 미래가 한자리에 모인 상황에서 한쪽이 각성하자

다른 한쪽도 영향을 받기 시작한 것이다. 낡아빠진 마법이 발전된 형태로 변하고 먼 훗날에나 할 수 있었던 일들을 하기 시작했다.

"흠. 이제야 숨통이 트이는군!"

그리고 아테인이 마법전에서 숨통을 트자 알마릭과 레이거스가 움직이기 시작했다. 지금까지는 방어하는 것만으로도 정신이 없었지만 이제는 공격 기회를 잡을 수 있었다.

〈대단했다, 애송이!〉

알마릭이 인카네이션으로 만든 분신을 격파하는 사이 레이거스가 옆으로 날아들었다. 혼쇄의 인을 후려치는 순간, 그 앞에 커다란 어둠의 문이 나타났다.

〈어?〉

"나를 인간 애송이 취급해 주는 건 진심으로 고맙군! 하지만 꺼져라!"

공허의 문지기였다. 레이거스는 그대로 어둠의 문으로 빨려 들어가서 아득히 높은 하늘 저편에서 출현, 아득한 저편으로 쏘아져 나갔다.

"멧돼지는 함정으로 잡는 법이지!"

레이거스를 잠시 치워 버린 유렌은 곧바로 공간왜곡장을 펼쳤다.

—무한의 광야!

레이거스와 시간차로 달려들던 알마릭을 막기 위한 마법

이었다. 하지만…….

파칫!

그 순간 아테인이 절묘한 타이밍으로 끼어들면서 마법 구성을 깨버렸다. 그리고 마법전의 주도권을 흑암전서에 맡기면서 자기 자신도 돌진해 오는 게 아닌가?

알마릭을 후퇴시키는 데는 성공했지만 그 틈을 비집고 아테인이 새로운 용마기를 초래하면서 다가왔다.

—용마검 초래! 어둠을 새기는 검!

아테인은 마법과 용령기 양쪽을 극한까지 연마한 유일무이한 존재였다. 완벽한 어둠으로 이루어진, 빛을 반사하지 않고 빨아들여 버려서 입체감이 전혀 느껴지지 않는 이질적인 검이 유렌을 후려쳤다.

파지지지지직!

유렌의 방어 마법이 공격을 저지한다. 하지만 그 순간 아테인이 자세를 바꾸면서 새로운 기술을 쏟아냈다.

검으로부터 먹빛 어둠이 뻗어 나가면서 유렌의 방어 마법을 잠식한다. 유렌이 거기에 반응하는 순간, 보이지 않는 충격이 몸을 관통했다.

"커억……!"

"신기하군. 이게 미래의 내가 도달한 경지, 그리고 새롭게 만들어낸 용마기인가?"

마법에 반응하도록 유도한 뒤 용령기로 방어를 관통한다.

둘 다 마력을 바탕으로 하는 기술이지만 구현된 결과물은 분명 질적인 차이가 있었다. 그 점을 이용해서 유렌의 방어에 틈을 만들어내고 찌른 것이다.

아테인의 뇌리에도 기억이 흘러들어오고 있었다. 유렌에 비하면 턱없이 작은 양이지만 그것만으로도 실력이 급격하게 향상된다.

게다가 아테인은 유렌과 달리 자아를 지키기 위해 노력할 이유가 없다. 그는 적극적으로 미래의 기억을 받아들였으며 그것을 완벽하게 체현할 육체를 갖고 있었다.

"허억, 허억……."

유렌이 피투성이가 되어 헐떡거렸다.

여전히 주변에는 무수한 마법이 충돌하면서 폭풍이 휘몰아치고 있었다. 세 용마족도 함부로 유렌에게 접근하지 못하고 격퇴되어서 물러난다.

하지만 승패는 결정된 것이나 마찬가지였다. 이대로 공방을 계속하면 유렌은 점차 여력이 깎여 나가다가 파멸할 것이다.

아테인이 물었다.

"어째서인가?"

"이 와중에도 그게 궁금한가?"

유렌이 어이없어하며 웃었다. 그런 반면 아테인의 심정이 이해가 갔다. 자신의 안에 있는 아테인의 기억이 그의 심리를

손바닥 보듯이 들여다볼 수 있게 만들어주었다.

"뻔하잖아. 내가 아테인의 뜻에 반대하기 때문이야."

"자신이 누구인지 알았는데도 뜻이 변하지 않는단 말인가?"

"그렇기 때문이야. 비록 아테인의 전생체로 태어나기는 했지만 나는 아테인으로 살지 않았다. 나는 유렌 리제스터야."

유렌의 뜻은 확고했다. 모든 것을 알게 되었다고 해서 자신의 존재를 부정하고 아테인에게 찬동할 생각은 조금도 없었다.

'모두들, 미안해. 아테인은 무리더라도 알마릭이나 레이거스 둘 중 하나는 치워 버리고 싶었는데 쉽지 않네.'

유렌이 피식 웃었다. 동료들의 앞길을 위해 난적을 치워 주고 싶었는데 그리 쉽게 풀리진 않을 모양이다.

하지만 절망하지는 않았다. 할 수 있는 일은 다 했다. 나머지는 동료들을 믿을 뿐이다.

'신기한 기분이군.'

아젤을 만나기 전까지는 정말 암울했다. 그때 힘이 다해서 죽었다면 운명을 저주하며 죽어갔으리라.

하지만 지금은 신기할 정도로 홀가분하다. 자신이 죽어도 뜻을 이어줄 동료들이 있다는 사실이 이토록 든든할 줄이야.

용마전쟁 때 아젤에게 미래를 맡긴 사람들의 기분이 이러했을까? 그들이 왜 아젤을 선택해서 용마기를 계승해 줬는지

이해할 수 있을 것 같았다.

"나쁘지 않아."

싸움의 끝에서, 유렌은 미소 지으며 눈을 감았다.

"나쁘지 않은 인생이었어."

그리고 지평선 너머에서 솟구친 장대한 어둠이 하늘과 땅을 하나로 이으며 뻗어 나갔다.

『용마검전』 9권에 계속…

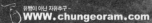